제로

김종일

일
중편들,
한국 공포
문학의 밤
제로
김종일
황금가지

차례

1

화영의 마지막 메시지는 '0'이었다.

마침 수신 시각도 밤 12시 00분이었다. 카톡까지 뒤져 보았지만 화영에게서 온 연락이라고는 그 문자메시지가 전부였다. 화영에게 전화를 걸었다.

— 고객님의 전화기가 꺼져 있어 음성사서함으로 넘어갑니다. 연결된 후에는 통화료가 부과되오니…….

몇 번을 더 걸어도 돌아오는 소리라고는 그 안내 음성뿐이었다. 휴대전화를 든 손이 떨리기 시작했다.

수전증이 더 심해졌다. 종료 버튼을 누르고 스마트폰 액정을 들여다보았다.

0이라니……. 뭔 소리인가. 처음에는 '아빠'라는 단어의 초성인 이응인가 했다. 하지만 위아래가 길쭉한 타원형이니 자음이 아닌 숫자가 맞는 듯했다. 뭘 잘못 눌렀나. 어제 아침을 돌이켜 보면, 그러고도 남았다. 그러고 보니 집을 나가기 전, 화영이 남긴 마지막 말도 '제로'였다.

2

"병원 좀 가, 없는 살림에 병치레까지 보태지 말고……."

화영의 말에 고개를 들었다. 아이는 열어둔 욕실 문 너머에 서 있었다. 욕실 앞을 지나다 벌겋게 물든 내 칫솔을 본 모양이었다. 대꾸도 없이 칫솔을 수돗물에 헹구고 분홍색 양치 거품을 세면대에 뱉었다. 아이가 주방으로 돌아간 뒤에야 거울에 이를 비춰보았다. 잇새로 피가 배어 나왔다. 송곳니 하나는 흔들리기까지 했다. 거울 속의 아재가 낯설어 서둘러 입을 헹궜다. 이가 시렸다.

늙었다. 면도를 말끔히 해도 반나절이면 흰 턱수염이 돋아나고 숱이 휑해진 머리는 독한 염색약으로 물들여도 보름이면 희끗희끗 색이 바랬다. 검도관 계단을 오르내릴 때마다 온 무릎이 삐걱거렸고 니코틴에 찌든 폐가 거친 날숨을 뱉어냈다.

기억력 감퇴는 심각했다. 냉장고 문을 열었다가 왜 열었는지 잊고 멍하니 서 있거나, 매일 보는 검도관원 이름이 입 안에서 뱅뱅 맴돌고 떠오르지 않아 어물거리기 일쑤였다. 매일 검도관 아이들을 태우는 코스도 곧잘 빼먹고 뒤늦게 차를 돌리는 일은 이제 일상이었다.

검도 유망주로 날고 기던 때만 해도 내 중년이 이렇게 볼품없을 줄은 몰랐다. 사나흘씩 면도를 걸러도 턱은 거뭇거뭇하기만 했고 사흘 밤낮 검을 휘둘러도 기운이 넘쳤다. 후배 기정과 밤새 술을 퍼마시고도 숙소 앞 식당의 뼈해장국 한 그릇이면 가뿐했고, 합숙훈련 때 산악 달리기로 기악산 주능선을 여섯 시간씩 오르내리고도 목욕탕에서 땀 한번 빼고 나면 개운했다. 기억력이야 아내가 내게 처음 건넨 말이며 내 고백을 받아줬던 날의 표정 하나까지 또렷할 정도니 말할

나위도 없었다.

오십 줄에 들어서니 전부 낡고 더디고 희미해졌다. 천재 소리를 듣던 검도 유망주는 후배 기정이 운영하는 검도관 봉고차로 아이들을 실어 나르며 근근이 먹고사는 처지가 되었다. 화영에게는 말하지 않았지만, 당뇨가 온 지도 3년째였다. 양치질할 때마다 잇새에서 피가 나고 이가 시린 증상도 당뇨성 잇몸병일 터였다.

간밤에 화영은 새벽 두 시가 넘어 들어왔다. 아이가 현관문을 따고 집 안으로 들어서는 인기척에 눈을 뜨고 벽시계를 확인했지만 일어나지 않았다. 화장실에 들어간 아이가 토하는 소리도 못 들은 척했다. 아이가 제 방으로 들어간 뒤에야 몸을 일으켰다. 화장실에서 단내가 났다. 볼일을 보고 방으로 돌아가다 아이가 제 방에서 통화하는 소리를 들었다.

"집 나가래? 당연하지. 딸내미가 전화도 안 받고 퍼마시다 새벽 두 시 넘어 술에 떡이 돼 들어왔는데 뭐라 안 하는 부모가 이상한 거지. 우리 집? 야, 말도 마. 어딜 가면 가나 보다, 오면 오나 보다, 아예 관심이란 게 없어. 아마 죽어도 '어? 죽었어?' 이러고 말걸?"

그쯤에서 돌아섰어야 했다.

"자유방임? 우린 이런 걸 방치라고 부르기로 했어

요. 무관심, 방치, 수수방관. 가족관계증명서에만 부녀로 올라가 있는 남남. 아니, 남보다도 못한 동거인."

아침이 되자, 화영은 때꾼한 얼굴로도 여느 때처럼 여섯 시 반에 일어나 밥을 짓고 국을 끓였다. 밥상머리에서 수저를 뜨는 내내 그 아이의 눈길을 모른 척했다. 거친 수저질 소리에도 무심히 베란다 너머만 내다보았다. 빌라 화단 느티나무에서 꽃매미 우는 소리가 따가웠다.

"뭐 할 말 없어?"

화영이 나를 빤히 바라보며 운을 뗐다. 그래도 수저질을 멈추지 않았다.

"'일찍 일찍 좀 다녀라, 요새 세상 무서운 줄 알아라, 멋대로 살려면 나가서 혼자 살아라.' 딴 부모들처럼 그런 잔소리라도 좀 해주면 안 돼?"

대꾸하지 않았다. 맞는 말이라 대꾸하지 못했다.

"아빠 맞아?"

화영이 수저를 소리 나게 내려놓았다. 아이와 얼굴을 맞대기가 껄끄러워 거실 벽 시계를 돌아보았다. 시력마저 부쩍 떨어져 시곗바늘도 제대로 보이지 않았다. 밥그릇에 눈을 내리깔며 마지못해 한마디 했다.

"늦겠다."

내 말에 아이가 픽 코웃음 쳤다.

"늦게 들어오는 건 생전 걱정 안 하면서 알바 늦는 건 걱정돼? 특성화고 나온 딸이 취직도 못 하고 알바나 하면서 빌빌대도 전혀 걱정 안 되지? 아빠란 사람이 어쩜 그렇게 무심해? 아무리 마음에 없어도 최소한의 관심은 써줘야 하는 거 아냐?"

"늦겠다."

"딴말은 할 줄 모르지? '늦겠다.' '밥 먹어라.' '그래.' '아니다.' 그런 거 말고 빈말이라도 '우리 딸, 참 예쁘다.' 이런 말 좀 해주면 안 돼? 화가 나서 하는 말이 아니라 궁금해서 하는 말이야."

여느 때와 달리 이상할 만큼 집요하게 달려들던 화영은 결국 제풀에 한숨을 불어냈다.

"말을 말자. 하긴 나 같은 년한테 뭔 할 말이 있겠어. 엄마 잡아먹은 딸년한테……."

순간 손이 나가 버렸다. 화영의 얼굴이 홱 돌아갔고 아이의 머리에서 머리띠가 날아갔다. 밥상의 국그릇도 방바닥에 엎어지며 조각났다. 아이의 뺨이 벌겋게 부어올랐고 입술에서 피가 배어 나왔다. 나를 올려다보는 아이의 눈빛에 아내의 눈빛이 포개졌다. 아차 싶어 황급히 손을 거두었다. 헝클어진 머리를 추스른 아이는 머리띠를 집어 머리에 고정하고 묵묵히 방바닥을 치웠다.

아이가 집을 나가기 전에 어떻게든 상황을 추슬러야만 했다. 그러나 아이가 집을 나가는 순간까지도 어찌할 바를 몰랐다. 집을 나서기 전, 현관문 앞에 선 그 아이가 나를 등진 채 입을 열었다.

"딱 한 번, 나 할머니랑 살 때 아빠가 책 사다 준 적 있어."

기억에 없는 일이었다. 늙은 어머니가 아이를 키우는 동안 보러 가는 일도 드물었지만 어쩌다 가게 되어도 네 발로 시골집 문지방을 넘곤 했다. 책을 사다 준 기억 따위가 남아 있을 리 없었다.

"『시튼 동물기』, 그 고릿적 시절 책을 책장이 너덜너덜해질 때까지 읽었어. '커럼포의 늑대 왕 로보' 편은 달달 외웠어. 짝이었던 블랑카가 사냥꾼한테 잡혀 죽고 블랑카 찾아 헤매던 로보도 잡혀서 죽는 장면에선 펑펑 울었어. 왜 울었게."

묻지 않았다. 아이를 돌아보지도 않았다.

"로보 같은 보호자가 있는 블랑카가 너무 부러워서, 난 진짜 늑대만도 못하구나 싶어서……. 이십 평생 살면서 내가 아빠 정 느껴본 날이 얼마나 되는지나 알아?"

아이는 현관문을 닫기 직전, 나직이 덧붙였다.

"제로."

현관문이 거세게 닫히며 집 안의 공기를 뒤흔들었다.

양말을 꺼내어 신으려고 서랍장 쪽으로 가던 중 발바닥이 따끔했다. 바닥에 주저앉아 발을 들고 발바닥을 살폈다. 발바닥 한가운데에 박힌 조각이 보였다. 국그릇에서 떨어져 나온 듯했다. 조각을 잡아 빼자 상처에 동그란 핏방울이 맺혔다.

"남들은 죄다 '딸바보', '딸바보' 하는데 어째 형네는 거꾸로래?"

검도관 관장실의 탁자 맞은편에서 짜장면을 후룩대던 기정이 물었다. 왼쪽 눈썹을 추켜세운 품이 어지간히 못마땅한 모양이었다.

"우리 딸내미는 인제 중2인데도 내 근처엔 얼씬도 안 해. 냄새난대. 맡아 봐봐. 냄새나?"

기정이 팔을 들어 겨드랑이를 내 쪽으로 들이대자 눈살을 찌푸리며 뒤로 물러났다.

"오바한다. 내가 요새 얼마나 신경 쓰는데……. 데

오그란트라고 알어? 아무튼 요새 MZ 애들이 그렇다고. 거따 대면 화영인 선녀다. 집안 형편 생각해서 특성화고 나와, 살림 다 하고 알바까지 해, 아빠 눈치까지 봐. 그런 애가 어쩌다 한마디 했다고 손을 대?"

세상에서 가장 한심한 인간을 보는 눈초리로 나를 쏘아보던 기정은 나와 눈이 마주치자 다시 면발을 후루룩 빨아들였다. 짬뽕 면발을 깨작이다 맞은편에서 쩝쩝거리는 소리가 거슬려 나무젓가락을 소리 나게 내려놓았다.

"또 팩했지, 팩했어. 팩폭만 했다 하면 팩해. 애도 아니고……."

기정의 핀잔에도 말없이 관장실 뒷문으로 나와 버렸다. 관장실 뒷문은 베란다로 통했다. 비둘기 똥으로 범벅이 된 베란다 난간 뒤에 서서 담배를 꺼내어 물었다.

낮게 깔린 먹구름들이 당장에라도 비를 뿌릴 듯 꿈틀거렸다. 하늘 아래로 보이는 홍주 변두리 뒷골목은 고독사한 노인의 집 안 같았다. 자모음 몇 개가 나간 모텔과 술집의 네온간판들, 거무죽죽한 녹물이 죽죽 그어지고 페인트가 각질처럼 일어난 건물 옆구리들, '쓰레기 불법투기 금지구역 CCTV 촬영 중'이라는 노란 경고문을 비웃듯 그 밑에 잔뜩 쌓인 쓰레기들, 쓰레기가 썩어가며 흘러나오는 악취, 주위를 어슬렁거리는 길고양이들……. 난간 너머의 풍경을 내다보며 한숨 섞인 담배 연기를 내뿜었다.

기정의 말이 맞았다. 화영은 또래 아이들과 달랐다. 그토록 방치되어 자랐다면 나와는 눈도 마주치지 않으려 해야 했다. 그러나 어쩐지 그럴수록 아이는 내 곁을 맴돌았다. 그 아이가 여느 아이들처럼 집을 나가 따로 살기를, 그래서 불편한 동거를 어서 끝내주기를 바랐다. 그러나 아이는 그 자리에 붙박인 채 나를 바라보았다. 내리사랑은 없는데 치사랑만 있는 기묘한 부녀.

"우리 애기…… 미워하지 마."

호흡곤란으로 가빠진 숨을 헐떡이며 간신히 내뱉던 아내의 말이 떠올랐다. 아이가 태어난 지 세 시간 만이었다. 담당의는 양수가 산모에게 흘러든 양수색전증이라고 했다. 아이의 생명수였던 양수가 아내의 몸을 휘돌며 독소로 바뀌었다. 그 말을 끝으로 아내는 죽었다.

손이 떨려왔다. 담배를 베란다 너머로 튕겨내고 주먹을 그러쥐었다. 그날 병원 화장실 거울을 박살 낸 주먹에 옹이처럼 박힌 흉터가 지금도 또렷했다. 화영이 내 유일한 피붙이라는 사실도 그 흉터만큼이나 뚜렷한 낙인이었다. 여태껏 그 낙인을 부정하고 살아왔다. 목도 가누지 못하는 아이를 늙은 어머니에게 떠맡기고 매달 부치는 단돈 몇십만 원으로 아빠 노릇을 대신했다. 어머니가 당뇨합병증으로 세상을 뜬 후에야 하릴없이 아이를 데려와 같이 살면서도 아이와 눈도 잘 마주치지 않았다. '남보다도 못한 동거인'이라는 말이 맞았다. 제 엄마를 빼닮은 아이가 눈에 들어올 때마다 꺼림칙했다. 그래서 아이와 나 사이에 금을 긋고 벽을 세웠다.

"그놈의 담배 좀 끊어. 그러니 홀아비 냄새가 더 나지."

기정이 베란다로 나오며 난간 턱 위에 올려둔 내 담뱃갑에서 자연스레 담배 한 대를 꺼내어 물며 제 스마트폰을 내게 내밀었다.

"이거 보여?"

휴대전화 액정에 뜬 지도가 보였다.

"위치 추적 앱이라고 들어는 봤나? 이 앱만 깔아두면 우리 꼬맹이가 어디에 있는지, 친구 집에 차를 타고 가는지 걸어가는지 실시간 위치를 나한테 일일이 다

알려줘. 지정 위치 벗어나면 알려주고 복귀하면 또 알려주고……. 이런 거거든, 관심과 애정이란 게…….”

내 눈치를 살피던 기정이 덧붙였다.

“말이 나와 말인데 애가 뭔 죄냐고. 화영이가 자길 낳아 달랬어? 형수 잘못된 게 애 잘못이야? 애초에 낳지를 말든가, 낳았으면 제대로 키우든가.”

맞는 말이었다. 하지만 머리는 받아들이는 그 말을 가슴은 밀어냈다. 기정에게 물었다.

“늑대 왕 로보, 알아?”

“뭐?”

“늑대 왕 로보.”

무슨 뜬금없는 소리냐는 표정으로 나를 바라보던 기정이 말했다.

“그…… 뭐냐, 『시튼 동물기』에 나오는 늑대였나? 어릴 때 진짜 재밌게 읽었는데……. 아마 내가 언제 형한테도 사들려 보냈을걸? 화영이 갖다주라고……. 근데 ‘늑대 왕 로보’가 아니고 ‘이리 왕 로보’ 아니었나?”

그럼 그렇지, 역시 기정이었다. 오래전부터 그는 나와 술을 마시고 헤어질라치면 내 손에 이런저런 군것질거리나 장난감을 쥐여주며 화영을 챙기곤 했다. 하긴 내가 아이에게 책을 사다 주었을 리 없었다.

"형, 그거 알아? 늑대가 일부일처제에 바람도 안 피우고 마누라 죽으면 새 장가도 거의 안 간대. 형처럼……. 그러고 보니까 생긴 것도 비슷하네. 근데 형이랑 다른 건 새끼를 끝까지 책임진단 거. 근데 '늑대 왕 로보'는 왜……?"

기정이 물었지만 대답하지 않았다.

"오도환 특기 또 나왔네, 물어놓고 생 까기."

기정이 투덜대며 담배 연기로 도넛을 만들어 입 밖으로 내보냈다. 허공을 휘도는 그 둥그런 연기 위에 아이의 목소리가 겹쳐졌다. 제로.

에어컨 실외기가 내뿜는 열기가 기분 나쁘도록 후끈했다. 그 열기를 털어버리듯 검도관 안쪽으로 돌아섰다. 초등부 아이들을 태우러 갈 시간이었다.

"한바탕 쏟아질라고 또 폼 잡네. 열대우림기후 다 됐어, 이 나라도."

등 뒤에서 기정이 중얼거렸다. 머리 위의 먹구름이 낮게 으르렁거렸다. 비 냄새 섞인 바람이 축축한 혓바닥처럼 목덜미를 훑었다. 발바닥의 상처가 새삼 욱신거렸다.

3

아내가 죽은 병실이었다. 아주 가까이에서 흐느끼는 소리가 났다. 아내였다. 아내가 덮은 홑이불 아랫부분은 온통 피투성이였다. 피는 시트를 흥건히 적시고 바닥으로 뚝뚝 떨어졌다. 이불을 젖히고 몸을 일으킨 아내가 나를 돌아보았다. 퉁퉁 부어오른 얼굴과 핏기 가신 낯빛이 그날 그대로였다. 날 선 눈으로 나를 노려보는 아내의 볼을 타고 빨간 눈물이 흘러내렸다.

"우리 애기…… 우리 애기 어딨어?"

아내의 물음에 아차 싶어 주위를 살폈다. 화영은 그 어디에도 없었다. 병실 복도로 뛰쳐나왔다. 복도는 관 속처럼 어두컴컴했다. 그때 복도 모퉁이 너머로 사라지는 짐승 윤곽이 얼핏 보였다. 어지간한 장정보다 덩치가 큰 짐승이었다. 그리로 뛰었다. 모퉁이를 돌자마자 복도는 온데간데없고 나무가 우거진 야산의 오솔길이 나타났다. 오솔길 저편에서 구물구물 흘러온 물줄기가 내 발바닥을 축축이 적셨다. 나는 맨발이었고 물줄기는 핏줄기였다.

언덕 위로 그림자가 솟아올랐다. 짐승 그림자였다. 어둠이 서서히 눈에 익자 짐승의 생김새가 어렴풋이 드러났다. 검은 개 아니면 늑대였다. 놈이 주둥이에 문 묵직한 덩어리가 보였다. 송곳니 박힌 아기의 목에서 핏줄기가 떨어져 비탈을 타고 흘러내리며 핏줄기를 이루었다. 나를 내려다보며 으르렁거리던 놈이 아기를 문 채 돌아섰다. 언덕 너머로 사라지는 놈에게 뛰어가려 했지만, 몸이 움직이지 않았다. 입도 떨어지지 않았다. 그때 누가 내 등을 붙들어 돌아보았다. 아내였다. 입을 쩍 벌린 아내가 내게 확 다가들며 속삭였다.

"제로."

눈을 뜨니 천장이 보였다. 주위가 어슴푸레해서 벽시계를 보니 오전 6시 28분이었다. 개가 아기를 물어간 꿈이 생생하고 섬뜩해서 이부자리에서 일어나 꺼림칙한 뒷맛을 마른세수로 털어냈다. 그래도 뭔가 불길했다.

방을 나와 아이의 방문을 열었다. 침대 이부자리 한가운데가 두둑했다. 내심 안도의 한숨을 내쉬며 돌아서려다 멈칫했다. 이불을 홱 젖혔다. 아이가 늘 끌어안고 자던 원숭이 인형이 드러났다.

뭐가 잘못됐다. 아이가 고등학생 시절 가출했던 때에도 들지 않았던 기분이었다. 그때는, 돈 떨어지면 들어오겠지, 하고 무심히 넘겼다. 이번에는 달랐다. 죽은 아내가 처음 꿈에 나타났기 때문만은 아니었다. 이렇게 불안과 긴장이 거미줄처럼 엉겨 붙어 떨어지지 않았던 적은 여태껏 단 한 번뿐이었다. 아내가 죽던 날.

방으로 돌아와 탁자 위의 휴대전화를 집어 들었다. 부재중 전화는 없었지만 새 메시지 한 통이 떠 있었다. 발신자는 화영, 발신 시각은 오전 12시 00분, 메시지 내용은 '0'이 전부였다.

0이라니……. 대체 무슨 소리인가.

어제 아침 집을 나가기 직전, 화영은 분명 '제로'라고 말했다. 집에 들어오지 않은 간밤에는 '0'이라는 메시지를 보냈다. 꿈에 나타난 아내 또한 '제로'라는 속삭임으로 꿈을 깨웠다. 그리고 화영이 집에 들어오지 않았다. 우연일까.

화영에게 전화를 걸었다.

— 고객님의 전화기가 꺼져 있어 음성사서함으로 넘어갑니다. 연결된 후에는 통화료가 부과되오니…….

몇 번을 더 걸어도 돌아오는 소리라고는 그 안내 음성뿐이었다.

설마……. 고개를 가로저었다. 헛다리 짚었겠지. 난데없는 개꿈에 놀란 새가슴이 부풀린 망상이겠지. 어디에 멀쩡히 잘 있을 텐데 무슨……. 늘 그래왔다. 이 문자도 술김에 잘못 보냈을 터였다. 전화는 일부러 꺼 놓았을 테고……. 지금쯤 어디 친구네서 널브러져 자겠지.

방으로 돌아와 이부자리에 누웠다가 도로 자리를 털고 일어나 앉았다. 아무래도 가슴을 옥죄는 불길한 기분을 털어버릴 길이 없었다.

휴대전화를 뒤져 아이와 관련된 번호를 찾아보았다. 그러나 아이의 전화번호 말고는 그 어떤 번호도 없었다. 아이가 아르바이트하는 편의점 전화번호조차도 없었다. 화영이 일하는 편의점을 검색해 전화를 걸었다. 이십 대 청년이 심드렁한 목소리로 전화를 받았다.

— 예? 누구요?

화영의 이름을 댔지만, 처음 듣는 듯한 반응이었다.

— 전 야간 알바라 주간 알바는 잘 모르겠는데요. 점장님 번호라도 알려드려요?

그렇게 해 달라고 했다. 청년이 알려준 점장의 휴대전화로 전화를 걸었다. 한참 만에 전화를 받은 중년 남자는 이 새벽에 누구시냐며 성질부터 냈다. 화영이 아빠라 밝히고 사연을 털어놓자, 그는 누그러진 투로 말했다.

— 글쎄요, 어제 여섯 시 '땡'하자마자 칼퇴해서 그

뒤론 모르죠. 창고서 재고 확인하다 듣자니 친군지 누군지랑 약속 잡는 거 같던데……."

"혹시 그 친구 이름은 기억나요?"

— 아이고, 그걸 내가 어떻게 알아요. 은진가, 은빈가 뭐던데…….

화영의 친구 중에 은지나 은비라는 아이가 있었던가? 모른다. 그 아이 친구 중 아는 이름이 하나도 없었다. 일찌감치 아빠 역할을 포기했으니 당연한 일이었다.

"혹시 화영이 출근하면 이 번호로 연락 좀 부탁드릴게요."

내 입으로 아이 이름을 말하면서도 어색하기 그지없었다. 아이 이름을 제대로 불러본 지가 언제인지도 기억나지 않았다. 전화를 막 끊으려는 찰나, 점장이 뭐라 웅얼거렸다. 통화가 끊긴 뒤에야 그가 웅얼거린 말을 알아차리고 멈칫했다.

— 제로.

그랬다. 그의 한마디는 분명 '제로'였다. 잘못 들었다고 넘기려 해도 분명 그렇게 들은 듯했다. 아무래도 한번은 짚고 넘어가야 했다. 도로 전화를 걸어 점장이 전화를 받자마자 물었다.

"방금 전화 끊기 전에 뭐라 했어요?"

— 뭔 소리에요?

"좀 전에 전화 끊으면서 뭐라 하지 않았냐고요."

— 아, 그러니까 뭔 소리를 했다고요?

대놓고 불쾌한 기색이었다.

"제로."

— 제로?

"혹시 전화 끊으면서 '제로'라고 안 했어요?"

그는 대꾸할 가치도 없다는 듯 전화를 끊어 버렸다. 잘못 들었나. 몸도 허하고 신경도 날카로워 어처구니없는 환청을 들었는지도 모른다. 어쩌면 이른 알츠하이머가 와서 귀청부터 야금야금 좀먹는 중인지도……. 하지만 어제 아침 화영도, 간밤의 꿈에 나타난 아내도 '제로'라고 하지 않았던가. 꿈이야 그렇다 쳐도 화영의 말은 지금도 귓가에 생생했다. 실은 그마저도 환청은 아니었을까. 오래된 밤 가시처럼 머릿속 구석에 박혀 있던 그 단어가 뜬금없이 튀어나오기라도 했나. 하지만 아무리 헤집어 봐도 그 단어와 관련된 기억은 떠오르지 않았다.

점장과의 통화로 알아낸 정보라고는 화영이 어제 정시에 편의점을 나갔고, 퇴근길에 '은' 자 들어가는 이름의 친구와 약속을 잡았다는 사실이 전부였다.

집 밖으로 나왔다.

화영의 퇴근길을 되짚어 볼 작정이었다. 일하는 편의점이 2km 남짓 떨어진 데라 아이는 걸어서 출퇴근했다. 날이 밝아 사방은 훤했지만, 아직 이른 아침이라 거리는 한산했다.

도로를 따라 오 분쯤 걷자 눈앞에 개미지옥처럼 움푹 꺼진 굴다리가 나왔다. 대낮에도 인적이 드문 우범지대였다. 아이가 매일 같이 저기를 오가는 줄 뻔히 알면서 배웅이나 마중 한번 나간 적이 없었다. 한숨을 불어내며 다시금 전화를 걸어보았다. 일 분이 넘도록 전화벨이 울린 후에도 돌아오는 소리라고는 전화기가 꺼져 있다는 음성사서함 안내뿐이었다. 굴다리 근처에 이르자 음침한 공간이 두꺼비 독 같은 입김을 뿜어냈다.

그리로 접어들려다 멈칫했다. 도로변의 하수구 철망에 걸린 낯익은 물건이 눈에 띄어서였다. 흰 뱀 두 마리가 8자로 구불구불 뒤엉켜 쭉 이어진 모양의 머리띠였다. 뱀의 하얀 몸뚱이를 따라 비늘처럼 촘촘히 박힌 큐빅이 아침 햇빛을 받아 반짝였다.

머리띠를 집어 들었다. 주인이 누구인지 분명한 물

건이었다. 작년 아내의 기일에 잔뜩 취해 돌아오다 노점에서 파는 머리띠를 집어 들었다. 그날 기억은 딱 거기까지였다. 눈 뜨니 다음 날 아침이었으니까. 숙취에 신음하며 화장실로 가다 이 머리띠를 쓴 화영을 보았다. 머리띠를 산 기억도, 준 기억도 없었지만, 머리띠를 아이에게 줬던 모양이었다. 그 후로 화영은 이 머리띠를 즐겨 썼다. 어제 내게 뺨을 맞고도 그 아이는 이것으로 머리를 고정하고 출근했다.

떨리는 손으로 머리띠를 움켜쥐고 이리저리 살폈다. 큐빅 중 몇 개가 떨어져 나갔을 뿐 별다른 흠집은 없었다. 머리띠가 떨어진 근처를 유심히 살폈다.

타이어 자국이 눈에 띄었다. 도로변에 쌓인 진흙 위로 난 자동차 바퀴 자국이었다. 머리띠가 뒹굴던 하수구 철망에서 불과 서너 발짝 뒤쪽이었다. 그 자리에 쪼그려 앉아 진흙을 손으로 만져 보았다. 물렀다. 어제 오후에 내린 소나기 탓이리라. 소나기는 한 시간도 못 되어 그쳤다. 그렇다면 이 바퀴 자국은 최소한 소나기가 지나간 후에 생겼을 터였다.

바퀴 자국을 낸 자동차가 달려갔음 직한 길을 바라보았다. 홍주 변두리를 빙 휘돌아 외곽으로 빠지는 도로였다. 아이가 정말 이 도로 저편으로 사라졌을까.

괜한 걱정은 아닌가. 어제 아침 화영은 내게 따귀를 맞고 집을 나갔다. 점장 말로 미루어보자면, 그 아이는 평소와 다름없이 편의점에 출근했다. 출근 도중 홧김에 여기에 머리띠를 빼내어 버리고 갔을 가능성도 있었다. 그렇게 치면 머리띠는 어제 하루 내내 여기에 버려져 뒹군 셈이었다.

다시금 머리띠를 훑어보았다. 먼지가 좀 묻었을 뿐 깨끗했다. 쪼그려 앉아 이 물건이 뒹굴던 주변을 살폈다. 그 자리에서 불과 한 뼘도 떨어지지 않은 인도 주변은 흙탕물이 튀어 점점이 말라붙은 자국이 뚜렷했다. 아무리 봐도 흙탕물이 튄 주변과 달리 머리띠는 말끔하기만 했다. 흙탕물이 튄 이후 바닥에 머리띠가 떨어졌다는 증거였다. 그렇다면 머리띠가 여기에 떨어진 시점은 어제 소나기가 지나간 이후로 봐야만 했다. 어제 여섯 시까지 화영은 편의점에서 일했다. 결국 이 물건은 최소한 화영이 퇴근한 이후에 여기 떨어진 셈이었다.

"뭔 일 났네, 뭔 일 났어."

기정이 주위를 둘러보며 탄식했다. 그는 연락받자마자 검도관 스타렉스를 몰고 굴다리로 달려왔다. 내가 머리띠와 휴대전화를 보여주자 그의 얼굴이 하얗게 질렸다.

“머리띠는 길바닥에 떨어져 있어, 전화기도 꺼져 있어, 연락이라곤 0만 달랑 찍어 보낸 문자가 다야. 이것도 뭐라고 더 찍어 보내려다 못한 거래니까.”

그는 그 자리에서 몇 번이나 화영에게 전화를 걸었다. 전화기가 꺼져 있다는 음성 안내에 긴 한숨을 불어낸 그가 물었다.

“신고는? 경찰에 신곤 했어?”

고개를 가로저었다. 그는 나를 째려보며 혀를 찼다.

“딸내미가 연락도 없이 밤새 집에 안 들어와, 그럼 연락해 보고, 연락 안 되면 경찰에 신고부터 하는 게 상식 아닌가? 딸내미가 들어오든 말든 나 몰라라 잠이나 처자는 게 상식이냐고. 어제 화영이랑 술 마셨던 친군 누군지 알아?”

“점장 말론 ‘은’ 자 들어가는 이름이라던데…… 은진지 은빈지…….”

내 궁색한 대답에 기정은 코웃음을 쳤다.

“요새 애들 말로 대박 득템이네. ‘은’ 자 들어가는 이름? 우리 딸내미도 ‘은’ 자 들어가는 은하야. 아빠 대 아빠로 물어보는데, 이건 좀 아니란 생각 안 들어?

딸내미가 어디서 누구랑 뭘 하고 있었는진 모른다 쳐. 최소한 딸내미 절친 정도는 알아야 하는 거 아니냐고?"

굴다리 입구에 달린 방범 CCTV를 본 그는 나를 스타렉스에 태우고 곧장 근처 지구대로 향했다. 차가 지구대 주차장에 닿자마자 뛰어내린 그는 출입문을 박차다시피 안으로 뛰어들었다.

"납치 신고요!"

졸음 가득한 눈으로 컴퓨터 앞에 앉은 중년 경찰이 기정의 외침에 화들짝 놀랐다.

"납치요? 어디서요?"

기정은 턱까지 차오른 숨을 몰아쉬며 등 뒤를 가리켰다.

"저 아래 굴다리 근처에서요."

"현장을 목격하셨어요?"

"아뇨."

"그럼 납치됐는진 어떻게 아세요?"

기정은 내 손에서 머리띠를 낚아채 데스크 위에 턱 올려놓았다. 경찰이 머리띠와 그의 얼굴을 번갈아 바라보다 물었다.

"뭔데요, 이게?"

"보면 몰라요? 머리띠지, 납치된 애 거. 굴다리 앞에 떨어져 있었어요."

"이게 따님 머리띠 맞아요?"

"내 딸이 아니고 이 형 딸인데…… 아, 사람 죽고 사는 게 문젠데 지금 그게 중요해요? 형! 와서 얘기해라, 좀. 뒤에서 팔짱 끼고 구경만 하지 말고! 화영이가 내 딸이냐?"

기정이 경찰과 내게 번갈아 가며 호통쳤다. 그제야 데스크로 다가가 대략의 사정을 설명했다. 그러나 내 설명을 들을수록 경찰의 얼굴은 심드렁해졌다.

"아이고, 요즘 애들 걸핏하면 외박하는데 하룻밤 어디서 자고 안 들어온 걸 갖고 납치 신고까지 하시면 수사 인력이 남아나지 않아요, 사장님. 머리띠도 그래요, 이런 머리띠가 세상에 하나밖에 없는 것도 아닌데, 이게 따님 거라고 어떻게 확신하세요?"

기정이 끼어들어 목에 핏대를 세웠다.

"아, 어제 아침에 이걸 머리에 달고 출근했다잖아요!"

그의 입에서 튀어 나간 침방울이 경찰의 얼굴에까지 튀었다. 경찰이 불쾌해하는 기색으로 얼굴을 닦았다.

"에이, 사장님, 본인 딸도 아닌데 왜 언성을 높이고 그래요? 당사자도 가만있는데……. 어제 아침에 나갔으면 집에 안 들어온 진 만 하루밖에 안 된 거잖아요?"

"네."

"누가 납치했다고 돈 달라거나, 뭐 그런 협박 전화 같은 게 온 건 아니죠?"

기정이 또 끼어들었다.

"그런 전화는 안 왔는데…… 이거 봐 봐요. 형, 그 문자 온 거 좀 보여줘 봐."

휴대전화에 화영의 문자메시지를 띄워 경찰에게 내밀었다.

"이 문자 보낸 뒤로 연락이 아예 안 된다니까요? 몇 번을 걸어도 전화기가 꺼져 있다고만 나오고……."

전화기를 받아 든 경찰의 얼굴이 더욱 심드렁해졌다.

"술 먹고 잘못 보낸 문자 같은데요. 혹시 어제 집 나가기 전에 아빠랑 싸우거나 혼나지 않았어요?"

별수 없이 사정을 털어놓았다. 경찰은 대번 그럴 줄 알았다는 표정을 지었다.

"그럼 빼박이에요. 배터리 방전이든가, 일부러 전화

길 꺼놨든가. 요새 애들이 그래요. 부모가 혼내면 뉘우치는 게 아니라 그걸 고대로 갚아준다니까. 집에 가서 느긋하게 기다려 보세요. 장담하는데, 사흘이면 들어옵니다. 그때도 안 들어오면 다시 오세요."

경찰은 대중목욕탕의 온탕에 몸을 담그고 타령을 흥얼거리는 노인처럼 느긋해 보였다.

"CCTV라도 까보자고요, 그럼. 굴다리 앞에 방범 CCTV 있더만."

"아아, 그거요? 그거 고장 난 지 좀 됐는데……. 박순경, 그거 아직 수리 안 됐지?"

경찰이 뒤편의 순경을 돌아보며 묻자 순경이 그렇다고 했다. 기정의 얼굴이 벌겋게 달아올랐다.

"와, CCTV도 폼으로 달아 놓은 거네. 한심하다, 한심해. 이러니 '견찰' 소리나 듣지."

기정의 말에 경찰도 옆구리에 손을 짚고 자리에서 일어섰다.

"방금 뭐라고 하셨어요? '견찰?'"

기정이 경찰에게 삿대질하며 목청을 높였다.

"그래, 견찰! 우범지대에 꼴랑 CCTV 하나 달아놓고 고장 난 지 좀 됐다고? 고장 났으면 바로 고쳐 놨어야지, 지역 치안 담당하는 공무원들이 말이야. 그러라고 월급 주는 거 아냐? 그리고 애가 없어졌는데 뭘 느긋하게 기다려? 당신 딸이 없어져도 느긋하게 기다릴 거야?"

내가 기정을 뜯어말리자, 경찰도 그에게 삿대질하며 성을 냈다.

"아니, 아빠도 가만있는데 왜 사장님이 난리냐고요!"

기정이 식식대며 응수했다.

"아빠란 인간이 가만있어서 내가 대신 난리 친다, 왜! 그리고 사장이 아니라 관장이야!"

끌려 나오다시피 지구대를 나온 뒤에도 기정은 분이 풀리지 않는지 씩씩댔다.

"요즘 세상이 어떤 세상인데 일을 저따위로 해? 내가 국민신문고에 소극 행정, 직무 유기로 제보할 거야. 한번 된통 깨져 보면 움직이는 척이라도 하겠지."

기정이 나를 홱 돌아보며 따졌다.

"아니, 형은 어떻게 여까지 와서도 강 건너 불구경이냐? 우는 아기 젖 주는 거 몰라? 난리를 쳐야 쟤들도 현장 나가서 돌아보는 시늉이라도 할 거 아냐! 내가 왜 나서야 되냐고? 화영이가 내 딸이야? 아무튼 형은 부모 점수론 제로야, 제로!"

기정이 주먹으로 제 가슴팍을 퍽퍽 후려치며 구시렁거리던 순간, '제로'라는 단어가 귀에 들어와 꽂혔다. 나도 모르게 그 단어를 되뇌었다.

"제로……."

"그래, 제로! 100점 만점에 빵점!"

제로…… 빵점……. 그러고 보니 제로는 0이라는 숫자만이 아니라 '전혀 없다'라는 뜻으로도 곧잘 쓰는 말이었다. 어제 아침 화영도 그런 뜻으로 말했다. 어쩌면 꿈속의 아내도 비슷한 의미로 '제로'를 들먹였는지도 모른다.

밤사이 도시에 내려앉았던 어둠이 가시면서 거리는 출근하는 직장인들과 등교하는 학생들로 붐비기 시작했다. 혹시나 해서 화영에게 다시 전화를 걸어 보았지만, 여전히 음성사서함으로 넘어갈 뿐이었다.

"형은 어떻게 된 게 예나 지금이나 발전이 없냐? 목검 들고 설치던 땐 나이나 어렸다 쳐. 형이 지금도 날고 기는 국가대표 유망주인 줄 아냐고. 나이 오십이면 지천명이랬어. 하늘의 뜻은 몰라도 아빠 역할이 뭔진 좀 알 때도 되지 않았어?"

해묵은 과거사까지 들추던 기정이 걸음을 멈추고 나를 돌아보았다. 나와 눈이 마주치자 그가 움찔했다.

"왜, 나도 팰라고? 그래, 전국선수권대회서 편파 판정한 심판 뚜들겨 팬 주먹에 나도 한번 맞아 보자. 기왕이면 큰 머리치기로 후려봐, 이참에 깽값이나 벌어 보게."

대꾸하지 않고 지구대 앞에 세워둔 스타렉스 운전석에 올랐다. 기정이 자연스럽게 조수석에 오르며 말했다.

"그래, 갈 땐 형이 운전 좀 해. 아아, 어제 술이 아직도 안 깨서 죽겠구먼, 아침부터 이게 무슨 일이냐고……. 혹시 모르니까 화영이 알바하는 편의점에 전화 한번 해 봐, 출근했나."

휴대전화를 들여다보았다. 오전 8시 34분이었다. 평소 화영의 출근 시간은 오전 여덟 시였다. 시간관념이 철저한 아이라 불가피한 사정이 없다면 지각은 안 하는 아이였다. 혹시나 해서 점장에게 전화를 걸었다.

— 아직 안 나왔네요. 전화도 꺼져 있고……. 무슨 연락 없었어요?

역시 예상대로였다. 전화를 끊고 무작정 기어를 풀었다.

"출근 안 했대? 그래서, 지금 어디 가는 건데?"

"한번 돌아보려고."

내 무뚝뚝한 대답에 기정은 어이없다는 표정을 지었다.

"홍주 시내를 백번 뱅뱅 돌아봐, 뭐가 나오나. 그럴 시간에 119로 전화를 때려. 긴급 상황이라고 하면 걔들이 최종 발신지 추적해 준다잖아."

위치추적……. 그편이 낫겠다 싶어 119로 전화를 걸었다. 전화를 받은 구급대원에게 상황을 설명하자 그는 지구대의 경찰과 달리 순순히 요청을 들어주었다. 위치추적은 긴급구조 요청 시에만 가능하다고 설명한 대원이 말했다.

— 따님이 어젯밤 이후로 귀가하지 않으셨고 현재까지 연락이 안 되는 상황이란 말씀이시지요? 위치추적 이전에 위치정보 요청하신 분께서 개인위치정보의 주체이시거나, 개인위치정보 주체의 배우자, 혹은 2촌 이내의 친족 또는 민법 규정에 따른 후견인이셔야 위치정보를 알려드릴 수가 있습니다. 그럼 소정의 확인 절차 거쳐서 위치추적 해드리도록 하겠습니다.

내가 불러준 정보로 가족 관계를 확인하자, 그는 잠시 기다리라고 했다. 전화기 너머로 키보드를 두드리는 소리가 나더니 이내 답변이 돌아왔다.

— 결과가 나왔는데요, 말씀하신 대로 핸드폰의

전원이 꺼져 있어서 현재 위치 추적은 불가하고요, 전원 꺼지기 전 마지막 위치까진 파악이 됐거든요. 일단 아버님께서 현장 수색에 참석하셔야 확인된 위치를 알려드릴 수가 있습니다. 현장에 못 나오시면 규정상 위치가 어딘지 저희가 알려드릴 수 없고요. 어떻게, 현장으로 나오실 수 있으시겠어요?

"네."

— 요청하신 핸드폰이 어젯밤 12시 00분에 전원 차단되었고요. 마지막 발신지는 환원동 인근으로 추적이 됩니다.

'어젯밤 12시 00분'과 '환원동'이라는 말이 가슴에 날아와 부딪쳤다. 어젯밤 12시 00분이라면 내게 문자 메시지를 보낸 시각이었다. 메시지를 보낸 직후 휴대전화의 전원이 꺼졌다는 의미였다. 아니면 일부러 전화기의 전원을 껐거나. 환원동은 내가 아이의 머리띠를 주운 굴다리에서 홍주 외곽으로 빠지는 도로 너머의 변두리였다.

4

수색은 정오를 넘기도록 이어졌다.

구조대와 안전센터 직원 십수 명이 동원된 수색이었다. 반경 600미터를 수색하면 되는 시내 중심가와 달리, 변두리 지역은 반경 1킬로미터가 넘는 거리를 일일이 뒤져야 한다고 구급대장은 말했다.

마지막으로 신호가 잡힌 환원동 일대는 외곽으로 빠지는 2차선 도로 좌우측으로 집 몇 채와 텃밭이 지루하게 늘어서 있을 뿐인 평지였다. 집과 주차 차량, 농로 사이의 배수구 등 집중적으로 살폈지만 허탕이었다.

“아무래도 더는 힘들겠는데요. 죄송합니다.”

수색이 아무런 성과 없이 끝나자 구급대장이 사과했다. 하지만 비지땀을 흘리며 환원동 일대를 헤집은 그에게 사과해야 할 사람은 나였다.

“고생들 많으셨습니다.”

기정과 나는 도로 저편으로 멀어지는 구급 차량의 꽁무니를 멍하니 바라보았다. 맞은편에서 불어온 후텁지근한 바람이 얼굴에 거미줄처럼 감겼다.

“봐준 김에 좀 더 봐주지. 여기서 그냥 가면 우린

어쩌라고…….”

기정이 혼잣말로 툴툴거렸다. 바로 그때였다.

제로.

분명 화영의 목소리였다. 소리가 난 방향을 돌아보았다. 없었다. 어디에도 화영은 보이지 않았다. 텃밭에서 뙤약볕에 익어가는 고추가 보일 뿐이었다. 분명 손을 뻗으면 닿을 거리에서 화영의 목소리가 들렸는데, 아이는 어디에서도 보이지 않았다. 실망감으로 고개를 떨어뜨렸을 때 아스팔트에 찍힌 타이어 자국이 들어왔다. 급제동했을 때 타이어가 아스팔트에 끌리며 그어진 자국이었다. 물론 그 자국이 아이와 연관이 있을 가능성은 낮았다. 그런데 어쩐지 그 자국에 자꾸 눈길이 갔다. 아스팔트 위에 쪼그려 앉아 자국을 손으로 쓸어보았다.

“뭔데, 뭐라도 있어?”

기정이 나를 따라 쪼그려 앉아 자국을 들여다보았다. 아무리 들여다보고 만져 본들 뭐가 나올 리 없었다. 그런데도 눈이 떨어지지 않았다. 기묘한 직감이 머릿속을 뚫고 지나갔다. 자리에서 벌떡 일어나 주위를 휘둘러보았다. 국도와 도로변의 고추밭, 그 밭 너머의 고만고만한 집들과 멀찌감치 산자락에 자리 잡은 전원 카페 건물이 고작이었다.

한숨을 불어내며 돌아서려는데 저 멀리서 한 줄기 빛이 번뜩였다. 고추밭 쪽이었다. 반들거리는 뭔가가 햇빛을 튕겨냈다. 그리로 내달렸다. 고춧대들이 이리저리 채였지만 일일이 헤아릴 겨를이 없었다. 햇빛을 반사한 물건은 고춧대 사이에 박혀 있었다. 그것을 주워 들고 이리저리 살폈다. 손이 떨려서 그 물건 모서리에 매달린 갈색 테디 베어 키링이 춤추듯 흔들렸다. 스마트폰이었다.

"디자인 진짜 구리네. 아빠가 고른 거?"

키링을 내밀었을 때 화영이 했던 말이 떠올랐다. 사실 기정이 뽑아준 키링이었다. 지난겨울, 검도관 앞 꼬칫집에서 술 마시고 대리를 기다리는 동안 기정이 인형 뽑기 기계에서 뽑아 손에 쥐여주었다.

"화영이 갖다줘, 멋진 기정 삼촌 선물이라고. 오케이?"

불평과 달리 화영은 키링을 휴대전화에 꼭 매달고 다녔고, 때가 타서 꾀죄죄해지면 손으로 빨아 빨래건조대에 매달아 놓았다가 전화기에 다시 매달곤 했다.

테디 베어의 팔다리가 한 짝씩 떨어져 나갔고 몸통과 머리를 잇는 목도 실밥이 터져 덜렁거렸다. 전화기 전원을 눌러 보았다. 먹통이었다. 전화기 액정과 뒷면이 완전히 박살 나 있었다. 고개를 돌려 내가 다가간 자리를 돌아봤다. 이리저리 기울어지고 쓰러진 고춧대들이 보였다. 전화기가 떨어진 주변의 고춧대는 멀쩡했다. 적어도 화영이 고추밭을 지나가며 전화기를 흘리지는 않았다는 증거였다. 그렇다면…… 누가 이리로 휴대전화를 던졌다.

돌아보았다. 주택가 담장뿐이었다. 주택가에서 날아왔을까. 아니면…… 도로를 바라보았다. 도로 위에 그어진 타이어 자국이 전화기와 연관이 있을지도 모른다.

— *요청하신 핸드폰이 어젯밤 12시 00분에 전원 차단이 되어 있으시고요. 마지막 발신지는 환원동 인근으로 추적이 됩니다.*

구급대원의 말이 되살아났다. 눈을 감고 상황을 그려보았다. 화영이 누구에게 납치되었다고 치자. 도중에 아이가 내게 다급히 문자메시지를 찍는다. 그러다 범인에게 들킨다. 차를 세운 범인이 아이에게 전화기를 빼앗아 부수고 고추밭에 내던진다. 상상만으로도 눈앞이 아득해졌다.

"맞네, 이거. 화영이 핸드폰. 이거 내가 사준 키링

맞지? 이걸 막 주무르면 어떡해? 범인 지문이 묻어 있을지도 모르는데……."

기정의 말에 아차 싶었다. 급한 김에 전화기를 바지 호주머니에 집어넣고 스타렉스에 올라탔다. 기정이 조수석에 올라 차 문을 닫기도 전에 가속 페달을 밟았다.

"죄송한데 이것 좀 먼저 고쳐 주실 수 있을까요? 사람 목숨이 달린 일입니다."

서비스센터의 휴대전화 수리대로 달려가 전화기부터 내밀자, 수리기사가 난색을 보였다.

"아, 고객님, 죄송한데 번호표 뽑고 접수하셔야 합니다."

"어젯밤부터 제 딸 연락이 끊겼는데 이게 길에 떨어져 있더라고요. 한 번만, 딱 한 번만 선처 부탁드립니다."

기사에게도, 먼저 온 고객에게도 머리를 조아렸다.

"어떻게…… 괜찮으시겠어요?"

기사가 고객에게 물었다. 마뜩잖은 표정으로 흘겨보던 이십 대 여자는 마지못해 고개를 끄덕였다.

"경찰에 신고하는 게 안 낫겠어?"

뒤따라온 기정의 말에 돌아보지도 않고 대답했다.

"잠깐만!"

전화기를 분해해 들여다보던 기사가 물었다.

"충격을 크게 받았나 보네요?"

"누가 박살 낸 거 같아요."

기사가 고개를 가로저었다.

"아, 이거 죄송한데, 메인보드가 파손돼서 살리긴 어렵겠는데요."

"어떻게…… 임시로 전원을 넣어서 통화 기록이나 문자 같은 거라도 확인해볼 순 없는 건가요?"

"글쎄요. 메인보드를 교체하면 수리는 가능한데 그럼 핸드폰 자체가 리셋이 돼서 이전 데이터는 전부 날아가거든요."

기사는 전화기의 메인보드를 보여주었다. 청록색 메인보드를 가로지른 균열이 보였다. 살얼음에 금이 가듯 가슴속에서 쩍 하는 소리가 났다. 살얼음판에 뛰어들었다가 물에 빠져 허우적댔던 어린 날이 기억났다. 그날 누구도 내 손목을 붙들어주지 않았다. 얼음장은 손으로 붙들 때마다 부러졌다. 그날 물살에 밀려 몸이 얼음장 밑으로 들어갔더라면 분명 죽었을 터였다. 살겠다는 본능으로 물가의 두꺼운 얼음을 붙들고 기어 나오지 않았더라면…….

"혹시 통화 기록이나 전번이라도 살릴 방법이 없을까요?"

기사가 고개를 갸웃거리며 중얼거렸다.

"글쎄요, 이게 외장메모리가 없는 모델이라서…… 유심칩만 살아 있다면 가능할지도 모르겠는데…… 장담은 못 하겠네요."

"그럼 유심부터 확인해 주세요. 살아 있나……."

내 요청에 기사가 전화기에서 유심을 빼냈다.

"외관상으론 손상이 없어 보이는데……."

기사가 자리에서 일어나 수리대 뒤편으로 들어갔다. 잠시 후 그는 전화기 하나를 손에 들고 나왔다.

"저희 단말기에 유심을 넣어봤는데요, 사용 내역이 기록되어 있으시네요."

눈앞에 한 줄기 빛이 열리는 기분이었다. 반색하며 전화기를 받아 들고 최근 기록을 살폈다. 구급대원의 말대로 내게 보낸 문자메시지가 마지막이었다. 12시 00분. 그 이전 기록을 살폈다. 오후 5시 58분에 통화 기록이 있었다. 퇴근 직전이었다. 상대는 '은미'였다.

— *은진가, 은빈가 뭐던데…….*

점장의 말과 달리 화영이 퇴근 직후 만난 친구는

은지도, 은비도 아닌, 은미였다. 그제야 화영이 가끔 은미라는 이름을 입에 올렸던 기억이 났다. 그 번호로 전화를 걸어 보았다. 한참 만에 앳된 목소리가 전화를 받았다.

"어, 나 화영이 아빤데……."

머뭇머뭇 자초지종을 설명하니 은미도 적잖이 당혹스러워했다.

— 어머, 정말요? 어떡해. 안 그래도 전화도 안 되고 카톡도 답이 없어서 걱정했는데……. 아직도 안 들어왔어요? 마라탕 먹고 노래방 갔다가 펍까지 갔거든요. 평소보다 많이 마시길래 더 마시잔 걸 담에 또 보자고 집에 보냈는데…….

"몇 시에?"

— 잘은 기억 안 나지만 열한 시는 넘었고 열두 신 안 됐던 거 같아요.

내게 메시지를 보내기 삼십 분 안팎이었다.

"걸어갔어? 아님 택시?"

— 택시비 아깝다고 걸어갔는데요.

은미와 헤어져 집으로 오던 화영에게 굴다리 근처에서 무슨 일이 생겼다. 그렇지 않고서는 그 아이의 머리띠가 길바닥에 뒹굴고 전화기가 고추밭에 떨어졌을

리 없다.

"하나만 더 물어보자. 어제 널 만날 때 화영이가 머리띠 하고 있었니?"

— 머리띠요? 그건 기억 안 나는데……. 잠시만요, 어제 호프집에서 저랑 폰카 찍었는데…….

부스럭거리며 뭔가 가볍게 두드리는 소리가 이어졌다. 전화기에 저장된 사진을 확인하는 듯했다.

— 아, 하고 있네요, 머리띠.

화영은 머리띠를 내버리지 않았다. 그때 기정이 내 손에서 전화기를 낚아챘다. 그는 전화기의 스피커 버튼을 누르고 말했다.

"어, 은미야, 나 화영이 삼촌……인데, 혹시 어제 뭐 이상한 거 없었니? 누가 자꾸 쳐다봤다든가, 헌팅이 들어왔다든가. 뭐든지 좋으니까 한번 잘 생각해 볼래?"

— 말 건 사람은 없었고요. 얘기하느라 주위는 신경을 안 써서 누가 쳐다봤는지도 잘…….

"잘 생각해 봐, 별거 아닌 거라도 좋으니까."

— 진짜 별거 없는데…….

아무래도 은미에게서 더 이상의 단서를 얻어내기는 어려울 듯했다.

"그래, 혹시 어제 찍은 사진 좀 카톡으로 보내줄래?"

— 아…… 예, 보내드릴게요. 지금 그 번호로 보내드리면 되나요?

"어, 그래, 고마워."

— 아녜요, 더 도와드릴 일 있음 언제든 연락주세요. 저도 혹시 화영이한테 연락 오면 연락드릴게요.

은미가 카톡으로 보내준 사진은 세 장이었다. 첫 번째는 화영이 은미와 함께 찍은 사진이었다. 사진 속에서 은미와 볼을 맞댄 화영의 얼굴은 밝았다. 주위를 밝힌 푸른 조명과 소파를 보니 펍에서 찍은 사진인 듯했다. 사진 밑으로 은미의 설명이 보였다.

'10시 28분에 찍은 사진이에요'

화영이 사라지기 한 시간 반 전이었다. 화영과 은미의 소파 뒤로 지나가는 이의 옆모습이 희미하게 보였다. 지나가다 찍힌 탓에 형체가 뭉개져 알아보기는 어려웠다.

두 번째는 사람이 아닌 사물을 찍은 사진이었다. 과일 안주였다. 은미의 설명에 따르면, 10시 42분에 찍은 사진이었다. 널찍한 접시에 수박이며 키위, 바나나, 방울토마토 등이 담겼고, 잘게 썬 파인애플이나 체리

따위가 담긴 작달막한 유리잔이 접시 중앙에 놓였다.

"SNS에 인증샷 올리려고 찍었나 보네."

기정이 무심히 중얼거렸다. 인터넷과 담쌓은 내게는 SNS도 뜻 모를 남의 나라 이야기였다.

마지막은 턱을 괴고 창 너머를 내다보는 화영을 찍은 사진이었다. 화영의 등 뒤로 테이블에서 막 일어서는 청년들이 보였지만 배경이 어두컴컴해서 얼굴을 알아보기는 어려웠다.

그때 또 한 장의 사진이 도착했다.

'이건 화영이 기다리면서 찍은 사진인데 혹시 몰라서 보내봐요ㅜㅜ'

은미가 추가로 보낸 사진은 창 너머의 풍경을 담은 사진이었다. 거리를 오가는 몇몇 행인들과 차가 고작이었다.

"그 손바닥만 한 화면으로 뭐가 보이냐. 노안도 온 아재가……. 여기서 궁상떨 게 아니라 요 밑에 컴퓨터 파는 후배 있으니까 거기 가서 4K 모니터로 보자고."

"4K?"

내가 되묻자, 기정이 나를 서비스센터 입구로 잡아끌며 혀를 찼다.

"누가 아재 아니랄까 봐, 그런 게 있으니 따라오기

나 해."

기정이 나를 이끌고 간 곳은 '컴온나우'라는 간판이 붙은 컴퓨터 수리점이었다. 중고 노트북과 데스크톱 컴퓨터들이 빼곡한 입구를 지나 안쪽으로 들어서자 고장 난 컴퓨터들이 내장을 드러낸 채 수북이 쌓여 있었다. 병원 응급실 같은 풍경이었다.

"어이, 또라이버, 재미 좋아?"

기정이 살갑게 인사를 건넸지만, 메인보드에 납땜질하던 비만형의 중년 남자는 들은 척도 하지 않았다.

"형, 이 친구 별명이 또라이버야. 성격은 또라인데 드라이버 하나만 있으면 뭐든 다 고쳐서 또라이버야. 또라이버, 즉각즉각 그랜절 안 하냐? 내 친형이나 다름없는 형님 오셨는데."

남자는 나를 흘끔 보더니 다시 고개를 처박으며 중얼거렸다.

"언제 적 별명을 아직도 우려먹어."

기정이 그의 뒤통수를 냅다 후려쳤다.

"안 본 사이에 몸 불어난 거 봐라. 운동 좀 해, 그러다 한 방에 훅 간다."

"남 신경 쓰지 말고 형이나 잘해."

"이야, 우리 덕근이 많이 컸네. 됐고, 지금 땀나게 급박한 상황이니까 사진 좀 돌려 봐. 지금 보낼게. 형 전화기 좀……."

기정이 내 휴대전화를 건네받더니 카톡으로 사진을 보냈다.

"아 진짜, 바빠 죽겠는데 지금……."

덕근은 이맛살을 찌푸리며 PC용 카톡 창을 열고 기정이 보낸 사진을 모니터에 띄웠다. 확실히 큰 화면으로 보니 눈에 들어오는 부분들이 한결 더 많았다. 첫 번째 사진 중 화영과 은미의 뒤를 지나치던 남자의 형체에서 그가 입은 티셔츠의 그림을 알아볼 정도였다. 정확히는 그림이 아닌 문양이었다. 어디서 봤더라……? 기정이 덕근에게 말했다.

"뒤로 넘겨 봐."

다음은 과일 안주 사진이었다. 별다른 점은 없었다. 덕근이 마우스를 클릭해 다음 장으로 넘겼다. 세 번째 사진. 화영의 뒤로 보이던 뒷좌석의 남자들을 들여다보았다. 대학생 정도로 보이는 이십 대들이었다. 그러나 얼굴을 알아보기는 어려웠다. 이전 사진과 겹치는 사람도 보이지 않았다. 끝으로 거리 풍경이 떠올랐다. 그 순간 기정이 눈을 번쩍 뜨고 버럭 외쳤다.

"잠깐! 여기 확대해 봐."

기정이 화면 오른편 끄트머리를 가리켰다. 길 건너 도로변에 정차한 승용차가 자그마하게 보였다. 세단으로 보이는 검정 승용차였다. 덕근이 그 부분을 확대했다. 운전석 차창이 반쯤 내려갔고 뒷좌석에서 한 남자가 내리는 중이었다. 운전석에 앉은 남자 얼굴이 보였다. 그러나 입자가 거칠어서 얼굴이 보이지 않았다.

"야, 이거 더 또렷하게 할 수 없냐? 미드 보면 희미한 사진도 막 확대하고 또렷하게 만들더만."

기정의 말에 덕근이 코웃음 쳤다.

"장난해? 그런 기술 있으면 내가 특허 내서 부자되겠다."

"그럼 밝기라도 키워 봐."

덕근이 무슨 프로그램을 띄우더니 이미지 파일을 불러왔다. 몇 번인가 손보자 화면이 밝아지면서 희미하게나마 사람의 윤곽이 보였다. 승용차 뒷좌석에서 내리는 남자. 여전히 거친 해상도 때문에 이목구비까지 보이지는 않지만, 티셔츠 문양만은 또렷해졌다. 그러나 승용차에서 내리는 남자가 펍에서 은미와 화영의 등 뒤로 찍힌 남자와 같은 사람이라 보기에는 일렀다. 비슷비슷한 티셔츠가 많으니까. 그러나 기정은 자신만

만한 얼굴이었다.

"아까 과일 안주 사진 불러와 봐."

덕근이 사진을 불러오자 기정은 과일 접시 가운데의 유리잔 옆구리를 가리켰다.

"확대해 봐."

덕근이 유리잔의 옆구리를 키운 순간 가슴이 덜컥 내려앉았다. 기정이 의기양양한 미소를 지어 보였다.

"이래 봬도 틀린 그림 찾기 고인 물이야, 내가."

유리잔 옆구리에 희미하게 비친 사람 형체. 건너 테이블에 앉아 화영의 테이블 쪽을 바라보는 남자였다. 불룩한 유리잔에 이목구비가 망둥이처럼 왜곡되었지만, 얼굴과 티셔츠 문양은 알아볼 만했다. 같은 인물이었다.

"저거 그거지? 쾌걸 조론가?"

기정이 남자의 티셔츠를 가리키며 말했다. 그의 말대로 남자의 티셔츠 문양은 쾌걸 조로가 칼끝으로 현장에 남기는 Z자 마크였다.

조로는 사진 네 장 중 세 장에 찍혔다. 물론 우연의 일치일지도 몰랐다. 친구들과 술집을 찾다 우연히 카메라에 잡혔고, 화영과 은미의 건너편에 앉았다가 우연히 카메라에 잡혔고, 화장실에 가다 우연히 카메라에 잡혔을지도 모를 일이었다. 하지만 우연도 반복되면 필연이 되는 법이었다.

"분명 이놈이야. 이놈 뭔가 있어. 형은 감 안 와?"

덕근의 수리점을 나와 차에 오른 후에도 기정은 손에 든 사진에서 눈을 떼지 않았다. 덕근이 확대해서 인쇄해준 사진들이었다.

"애들 태우러 갈 시간 안 됐나?"

"아직 시간 안 됐어. 초딩반은 오후 두 시부터니까. 그리고 지금 검도관이 문제야? 사람이 죽고 사는 판국에……. 안 되면 오늘 하루 쉰다고 전화 돌리지, 뭐."

휴대전화를 보니 오후 1시 21분이었다. 기정이 내게 사진들을 건네고는 시동을 걸었다.

"일단 은미한테 전화 때려서 어제 그 펍이 어딘지 물어봐."

전화를 걸었다. 은미는 펍이 선봉 사거리 근처의 '아르마딜로'라고 했다. 전화를 끊고 기정에게 말했다.

"선봉 사거리로 가자."

그리로 달리는 동안 사진들을 넘겨 보았다. 유리잔에 비친 남자의 얼굴이 나왔다. 입자가 거칠었지만, 그의 시선이 붙박인 지점은 분명 화영 쪽이었다.

"인제부턴 나 혼자 알아볼 테니까 넌 거기서 나 떨

켜주고 애들 태우러 가라."

"아, 형! 뭔 말을 그렇게 하냐? 알아봐도 같이 알아봐야지, 아재 혼자 뭘 어쩌겠다고?"

"무슨 일 있음 전화할 테니까 일단 가. 둘이 들쑤시고 다닌다고 없는 게 나오진 않아."

선봉 사거리에 이르자 오른편으로 늘어선 술집 가운데 '아르마딜로'라는 펍 간판이 눈에 들어왔다. 기정이 그 앞에 차를 세웠다.

"진짜 괜찮겠어?"

"안 괜찮으면……."

"뭔 일 있음 전화해, 언제든 날아갈 테니까. 괜히 혼자 해결해보겠다고 객기 부리다 코 빠뜨리지 말고……. 형, 내 말 듣는 거야?"

차에서 내리는 내 등에 대고 기정이 신신당부했다. 그에게 손을 흔들어주었다. 내가 펍 입구에 다다랐을 때도 기정은 선뜻 자리를 뜨지 못하고 나를 바라보았다. 얼른 가라고 손짓하고 출입문을 잡아당겼다. 문이 열리지 않았다. 출입문 귀퉁이에 붙은 아크릴판이 눈에 띄었다.

OPEN PM 2:00~AM 2:00

시간을 확인해보니 오후 1시 28분이었다. 펍이 문

열기에는 이른 시각이었다. 도로 맞은편을 돌아보았다. 출력한 사진과 비교해 보니, 승용차가 서 있던 지점이 어디쯤이었는지 짐작이 갔다.

길을 건넜다. 승용차가 폰카에 잡힌 지점에 서서 주위를 휘둘러보았다. 담배꽁초 몇 개가 떨어져 나뒹굴 뿐, 이렇다 할 흔적은 눈에 띄지 않았다. 어젯밤 남자들은 여기에 차를 대놓고 펍을 들여다보았다. 창가 자리에 은미와 마주 앉은 화영이 보이는 듯했다. 하지만 택배 트럭이 지나가면서 아이의 환영도 사그라졌다. 눈앞에 보이는 편의점으로 들어갔다.

"혹시 이런 사람 못 봤어요?"

편의점 알바생에게 유리잔 사진을 내밀며 물었다. 알바생은 고개를 가로저었다. 컵라면과 삼각김밥을 사 들고 나와 편의점 앞 파라솔 밑에서 늦은 끼니를 때우며 기다렸다. 그때 뇌리에 번뜩 섬광이 스쳤다. 조로의 'Z'는 '제로'의 첫 글자이기도 했고, 조로는 제로와 철자마저 비슷한 단어였다.

5

"어서 오세요."

아르마딜로의 출입문을 열고 들어서자 펍 사장으로 보이는 사십 대 남자가 무심히 나를 맞았다. 그는 분무기를 들고 창가의 화초에 물을 주는 중이었다. 그가 분무기 레버를 당길 때마다 분무기의 입자들이 화초에 내려앉았다가 물방울이 되어 떨어졌다. 나를 돌아보지도 않은 채 웅얼거린 인사는 인사라기보다 몸에 밴 입버릇인 듯했다. 남자는 오랜 경험으로 고객과 불청객을 구별하는 비법을 얻었는지도 모를 일이었다. 덕근이 빼준 화영 사진을 남자에게 내밀었다.

"이 여자, 어제 여기 왔었죠?"

그제야 나를 흘끔 돌아본 그는 사진보다 내 행색을 위아래로 먼저 훑고는 되물었다.

"어디서 나오셨어요?"

남자의 눈에 경계심이 어렸다. 난감했다. 기정이라면 모를까, 내게 경찰을 사칭할 만한 배포가 없었다.

"어디서 나오셨는데요?"

남자가 거듭 묻자, 간신히 입을 열었다.

"애 아빠요."

내 입에서 나온 '아빠'란 단어가 어색하기 짝이 없었다. 남자의 얼굴이 무표정으로 돌아왔다.

"하루에 100팀은 족히 왔다 가고 그중 절반이 여잔데요. 여자 손님 중에 절반이 그 또래고요. 단골이 아니면 왔다 갔어도 모르죠."

"혹시 가게에 CCTV는 없나요?"

가게 안을 둘러보며 물었지만, 그가 고개를 가로저었다. 그에게 조로의 사진을 내밀었다.

"그럼 이 친군 혹시 기억나세요?"

사진을 흘끔 본 남자가 멈칫했다.

"단골이에요?"

역시나 또 절레절레.

"아무튼 본 적은 있죠?"

"누가 봤대요?"

여간해서는 털어놓을 눈치가 아니었다. 지폐 몇 장이라도 쥐여줘야 하나 싶어 호주머니에서 지갑을 꺼냈다. 그러나 남자는 오만 원권 지폐를 내민 내 손을 거들떠보지도 않고 돌아섰다. 그는 마른 헝겊으로 화초의 기다란 잎맥을 따라 물기를 닦아주며 중얼거렸다.

"요 며칠 무심했더니 대번 흰 가루가 생기네. 흰가룻병이라고 들어봤어요? 공기 나쁘고 통풍 안 되는데

습도까지 떨어지면 생기는 병이에요. 이런 화초도 잠깐 신경 안 쓰면 금세 흰 가루가 생기고 이파리가 누렇게 뜨는데 사람은 오죽할까."

남자가 중얼대는 말의 뜻을 이해할 길이 없었다. 하지만 단서 하나라도 얻어내려면 기다리는 수밖에 없었다. 남자가 나를 돌아보지도 않고 말했다.

"편한 자리에 앉으셔. 날도 더운데 시원한 생맥이라도 한 잔 드릴게."

안 그래도 입 안이 바짝 말라오던 참이었다. 가게 안을 둘러보았다. 창가에서 두 번째 탁자가 눈에 들어왔다. 바로 저 자리. 어젯밤 화영이 앉았던 자리였다. 그리로 가서 앉았다. 행여 간밤의 흔적이라도 남아 있지 않을까 싶어 살펴보았지만, 과자 부스러기 하나 없었다.

한참 만에 사장이 생맥주 잔을 들고 왔다. 그가 탁자 위에 맥주와 강냉이 그릇을 내려놓았다. 잔을 집어 들고 맥주를 벌컥벌컥 들이켰다. 찬 맥주를 마시자 목마름이 좀 가셨다. 탁자 맞은편에 앉은 사장이 나를 물끄러미 바라보다 입을 열었다.

"두 달 전부턴가 며칠에 한 번씩 여길 왔어요."

주어가 없기는 했지만, 그가 입에 담은 주체는 분

명 조로였다. 화영은 술집을 자주 다니는 아이가 아니었으니까.

"우리 가게서 알바생 중에 지우라고 예쁘장한 여자애가 하나 있거든. 걔가 맘에 들었나. 꽃다발, 귀걸이 뭐 그런 거 들고 와서 주고 가고 하더라고요. 어젠 누군지 네댓이서 같이 왔는데 이상하게 걔는 거들떠도 안 보대?"

"몇 명이요?"

"넷이었나, 다섯이었나. 다섯, 맞네. 의자 넷짜리 테이블에 앉으면서 의자 하나 끌어다 앉았으니까."

"그 테이블이 저거였죠?"

내가 등 뒤의 테이블을 가리키며 묻자, 그가 고개를 끄덕였다.

"혹시 걔 이름이나 연락처 같은 건 몰라요?"

그는 고개를 가로저었다.

"홍주 놈들이 아니라, 딴 데 놈들인 거 같던데. 아, 어쩌면 지우는 알지도 모르겠네. 번호라도 따려고 알려줬을지……."

희미한 희망이 다시금 고개를 들었다.

"그 지우란 알바생 출근이 몇 시죠?"

"네 시요."

시계를 보았다. 오후 2시 21분이었다.

"연락해서 좀 일찍 나와 달라고 하면 안 될까요?"

"해도 안 받을걸요. 근무 외 시간엔 전화고 카톡이고 다 씹는 애라……."

"그래도 어떻게 한 번……."

남자가 마지못해 연락해 보았지만 역시 알바생은 전화를 받지 않았다. 네 시까지 기다리는 길밖에는 없었다.

알바생이 오기를 기다리는 동안 하릴없이 원목 재질의 테이블을 쓸어보았다. 차가웠다. 화영의 흔적은 그 어디에도 없었다. 다시 목이 말라왔다.

"모르겠는데요."

네 시 정각에 출근한 지우는 내가 내민 화영의 사진에 고개를 흔들었다. 하지만 조로 사진을 보자 곧바로 고개를 끄덕였다.

"알죠, 어제도 왔었는데……."

"혹시 연락처나 이름 알아요?"

"그런 건 모르구요, 얼굴만 알아요. 올 때마다 저한테 관심 있다구, 남자친구 있냐구 자꾸 찝쩍대서……. 근데 전 남친두 있구 솔직히 걘 제 스타일두 아니라서

쌩 깠거든요."

"얼굴이 정확히 어떻게 생겼어요?"

"눈이 쌍꺼풀지고 큰 편이에요. 얼굴은 갸름한 편이고요. 전체적으로 겁 많게 생긴 얼굴이에요. 그리구 이 티를 자주 입어요. 여기 올 때마다 거의 이 옷 입구 왔거든요."

"어제 몇 시쯤 나갔어요?"

"그건 확실히 기억 안 나는데, 왔다가 맥주 몇 잔 마시고 금방 나갔어요."

"같이 왔던 애들 얼굴은 기억나요?"

"딴 사람은 모르겠고 한 사람은 좀 특이해서 기억나요. 뭐라고 해야 하지? 굉장히 기분 나쁜 인상이라고 해야 하나. 몸도 좋고 잘생기고 스타일도 괜찮은데 이상하게 보기만 해도 기분이 막 싸해지는……. 왜, 살이 끼었다고 그러잖아요, 딱 그런 인상?"

'살'이라는 단어가 칼처럼 날아와 가슴에 박혔다. 어쩐지 현기증이 일었다. 얼굴에 핏기가 가시고 욕지기가 치밀었다. 몸의 중심을 잃고 비틀대다 테이블 앞 의자에 털썩 주저앉았다. 토끼눈을 뜨고 다가와 뭐라 말하는 지우가 보였지만 물속에서 바라보는 바깥 풍경처럼 소리도, 시야도 탁하고 어렴풋했다. 눈앞이 기울어지고 뺨에 둔탁한 충격이 일었다. 눈앞이 컴컴해졌다.

제로.

어둠 속에서 누가 내 귀에 속삭였다. 화영이었다. 탁한 목소리였지만 화영의 목소리가 분명했다. 멀찌감치 서 있는 화영이, 허벅지까지 내려오는 흰 반팔 블라우스와 물 빠진 청바지가 보였다. 어제 아침 출근했던 차림 그대로였지만 군데군데가 찢겨 너덜거리는 데다 흙 범벅이었다. 손목을 비롯해 여기저기에 생긴 피멍과 생채기도 심상치 않았다. 고개를 들려고 했다. 그러나 탁자에 박힌 고개가 들리지 않았다. 화영의 얼굴도 보이지 않았다. 입을 열려 했지만, 말도 나오지 않았다.

소리 없이 다가온 아이가 코앞에서 나를 내려다보았다. 그러고는 말없이 돌아섰다. 탁자 너머로 신기루처럼 멀어져가는 뒷모습이 보였다. 아이가 사라질 때까지 멀거니 지켜만 보았다. 아이가 사라지고 난 후 탁자 위에는 기다란 물건이 놓였다. 그 와중에도 그것이 무엇인지는 알아보았다. 창고에 처박혀 있던 가보. 가보라는 말이 민망할 정도로 푸대접받던 애물. 심지어 몇 번인가는 푼돈 몇 푼에 전당포 신세를 졌던 유물.

색 바랜 보자기에 둘둘 말린 채 먼지를 수북이 얹고 잡동사니 사이에 화석처럼 썩어 가던 그 유물이 이제 막 장인의 손에서 나온 새것처럼 번뜩였다.

"괜찮으세요?"

지우의 물음이 내 의식을 수면 밖으로 끄집어냈다. 귓속에 가득했던 물이 빠져나가며 귓문이 트이듯 서서히 제정신이 돌아왔다. 정신을 차리고 보니 탁자에 엎드린 채 허공을 바라보는 중이었다. 벌떡 허리를 곧추세웠다. 아이는 온데간데없었다. 잠시 정신을 놓은 사이에 헛것을 본 모양이었다.

"진짜 괜찮으세요?"

지우가 거듭 물었다. 고개를 끄덕였지만, 괜찮지 않았다. 방금 눈앞을 스치고 간 환영에서 헤어날 길이 없었다.

"깜짝이야. 119 부르려고 했어요."

탁자를 내려다보았다. 텅 비어 있었다. 하지만 뇌리에 새겨진 자국은 또렷했다.

그것은 환도(還刀)였다.

혹시…….

현관문 손잡이를 잡아 돌리며 잠시나마 희망을 품

었다. 어쩌면 화영이 집으로 돌아와 있을지도 모른다는, 제 방에 드러누워 휴대전화를 만지작거리거나 책상 앞에서 인터넷 하다 돌아볼지도 모른다는 희망. 그러나 아이의 방문을 열었을 때 눈에 들어온 광경은 허망이었다. 방 안은 관 속처럼 어둡기만 했다. 아이의 방으로 들어섰다. 조명 스위치를 누르자 LED 등이 깜빡거렸다. 불이 켜진 후에도 방 안은 침침했다. 올려다보니 LED 소자 여러 개가 나가 있었다. 무심히 사느라 전등이 다 된 줄도 몰랐다.

"갈아달라고 하지."

혼잣말을 중얼거리고는 창고로 쓰는 다용도실로 갔다. 몇 달 전 마트에서 여분 전등을 사다 둔 기억이 났다. 먼지가 수북한 다용도실을 뒤적여 전등을 찾았다. 그 김에 먼지가 수북한 잡동사니 틈새에서 유물을 찾아냈다. 누렇게 바랜 보자기에 둘둘 말린 유물은 미라 같았다. 전등과 유물을 챙겨 다용도실을 나왔다.

등을 갈고 나니 방 안이 한결 밝아졌다. 아이가 출근 전 벗어놓은 반바지와 티셔츠가 뱀 허물처럼 방바닥을 뒹굴었다. 책상 위에 모로 누운 헤어드라이어가 보였다. 감은 머리를 급하게 말리고 나가느라 콘센트에서 플러그 뽑을 새도 없었던 모양이었다. 티셔츠와 반바지를 개켜 의자 위에 놓고, 드라이어의 플러그를 뽑아 몸뚱이에 코드를 둘둘 말아 바구니에 놓았다. 아이의 방에 들어와 본 지도, 방을 정리해 본 지도 오래되었다.

방바닥에 유물을 내려놓고 그 앞에 앉았다. 보자기를 벗겨내자, 오랫동안 잠자던 칼이 드러났다. 십여 년만이었다. 손잡이와 칼집에 삼베를 휘감아 옻칠해 거무튀튀한 칼은 단단한 가죽으로 덮인 뱀 같았다. 칼집과 손잡이를 양손에 쥐고 손잡이를 잡아당겼다. 칼날이 부스스 눈을 뜨며 전등 불빛을 퉁겨냈다.

골동품상에나 어울릴 법한 몰골과 달리 칼날은 여전히 서슬이 시퍼렜다. 칼을 칼집에서 빼내자 곧게 뻗어나가던 칼날이 완만히 휘었다. 이윽고 칼날이 칼집에서 완전히 떨어져 나갔다.

칼을 곧추세웠다. 뾰족한 칼끝이 기지개를 켜듯 부스스 몸을 떨었다. 칼이 떨린 이유는 수전증 때문이었다. 어제부터 증상이 심해졌다. 칼로 가볍게 허공을 내리긋자 칼날이 나지막한 휘파람을 불었다.

"혹시 그놈 다시 오면 이 번호로 연락 좀 줄래요? 그냥 '0'만 찍어서."

아르마딜로를 나서기 전, 은미에게 내 전화번호를

일러주며 그렇게 부탁했다. 지우는 고개를 끄덕였지만 꺼림칙한 기색이었다. 조로가 다시 들른다 해도 그 아이가 연락을 줄지는 미지수였다. 휴대전화가 울렸다. 기정이었다.

— 화영인?

"아직."

— 그 은민지 하는 애한텐 그 뒤로 연락 없었고?

"어."

— 일단 검도관으로 와. 나 지금 차량 운행 끝내고 들어가는 길이니까…….

"검도관은 왜?"

— 기동력이 있어야 화영일 찾든지 말든지 할 거 아냐. 택시 타고 다닐래?

알았다고 하고 전화를 끊었다. 자리에서 일어서다 책장에 붙은 아이의 네 컷짜리 사진을 보았다. 저 아이가 왜 눈앞에 나타났으며 왜 다용도실에서 썩어가던 칼을 먼지 구덩이에서 꺼내게 했을까. 궁금하고 불안했다. 술 생각이 났다. 두어 병 비우고 나면 긴장과 불안이 누그러질 듯했다.

오도환, 그만해라, 아무 일도 없다.

고개를 흔들며 호주머니에서 아이의 전화기를 꺼

냈다. 이 고장 난 기계가 나와 그 아이를 이어주는 유일한 끈이었다. 박살 난 액정 위로 아이가 떠올랐다. 아까 낮에 잠깐 눈앞에 나타났던, 만신창이가 된 몰골이었다.

"그 노인네도 그렇지, 하필 이런 날 죽을 건 또 뭐야. 죽은 사람한테 할 소린 아니지만 하여간 일생에 도움이 안 돼요."

검도관에서 마주친 기정은 검은 양복 차림이었다. 삼촌이 돌아가셨다고 했다.

"웬만하면 핑계 대고 안 가고 싶은데 검도관 차릴 때 돈도 꿔주고 울 아부지 돌아가셨을 때도 왔던 양반이라 안 가볼 수가 있어야 말이지. 일단 형이 좀 돌고 있어 봐, 내가 중간에 눈치 봐서 연락할 테니까."

나와 함께 검도관을 나와 계단을 내려서며 기정은 차 열쇠를 내밀었다. 초상집까지 태워다 주겠다고 했지만, 한사코 마다했다.

"나 태워다 줄 시간에 한 바퀴라도 더 돌아봐."

그는 지나가던 택시를 잡아탔다. 택시가 떠난 뒤 검도관 건물로 되돌아와 계단 밑 구석에 세워두었던 물건을 집어 들었다. 보자기에 싼 칼이었다.

스타렉스에 올라 칼을 조수석에 올려두고 시동을 걸었다. 일단 굴다리 쪽으로 차를 몰았다. 거기서부터 다시 시작할 작정이었다.

차가 굴다리에 접어들었을 때 시야가 일순 하얗게 바랬다. 상향등을 켜고 굴다리로 진입한 승용차 때문이었다. 미간을 찌푸리며 브레이크를 밟았다. 그사이 승용차는 스타렉스를 스쳐 지나갔다.

굴다리를 빠져나오면서부터 속도를 줄였다. 아이의 머리띠를 주운 지점에서부터 전화기를 찾은 지점까지 천천히 가며 단서를 찾아볼 작정이었다. 그런데 뭔가 찝찝했다. 놓치지 말았어야 할 것을 놓쳤다는 직감이 목덜미를 붙들었다. 전화기를 주운 고추밭 즈음에 이르러서는 아예 차를 도로변에 세우고 시동을 껐다. 그러고는 그것이 무엇인지 가만히 생각해봤다. 아무리 머리를 쥐어짜도 이렇다 할 답이 떠오르지 않았다.

전화기의 진동이 적막을 깨뜨렸다. 황급히 전화기를 집어 들었다. 혹시 화영이 아닐까 싶어 맥박이 빨라졌다. 문자메시지였다. 화영은 아니었다. 그러나 중대한 소식이었다.

'0'

그 숫자 하나에 가슴이 덜컥했다. 발신인은 지우였

다. 심장이 아우성치고 피가 솟구쳤다. 서둘러 시동을 걸고 핸들을 꺾어 그대로 유턴했다. 놀란 속도계가 바늘을 곤두세웠다. 가속 페달을 밟는 순간 내가 잊었던 단서가 무엇인지 비로소 떠올랐다.

굴다리에 진입했을 때 스타렉스를 스쳐 간 승용차. 상향등 때문에 눈이 부셔 제대로 보지 못했지만, 눈은 그 찰나를 머릿속에 새겼다. 그것은 승용차 운전자의 윗도리에 새겨진 Z였다.

아르마딜로로 달리는 내내 온갖 의문이 떠올랐다.

굴다리에서 나를 스쳐 지나간 운전자가 정말 조로였을까. 온통 그쪽에 쏠린 신경이 비슷한 인상착의를 잘못 보진 않았나. 지우가 방금 조로의 등장을 알리지 않았던가. 굴다리에서 내가 조로로 의심되는 운전자의 승용차와 스쳐 지난 지 15분은 지난 후였다. 굴다리에서 아르마딜로까지는 차로 10분 거리였다. 내가 마주친 승용차의 운전자가 조로일 가능성은 충분했다.

만일 조로가 아이의 실종에 관련되었다면 놈은 왜 아르마딜로에 다시 나타났을까. 범인은 반드시 현장에 다시 나타난다? 그렇다면 왜 어제 입었던 티셔츠를 갈아입지 않았을까. 눈에 띄는 옷차림 때문에 덜미 잡히면 어쩌려고……. 거기까지는 미처 몰랐다? 내가 제 뒤를 밟는다는 사실을 전혀 알아차리지 못했다? 놈이 화영의 실종과 연관 있다는 전제가 애초에 틀렸다면? 고개를 가로저었다. 백날 머리를 굴려봐야 한번 얼굴을 맞대고 알아보느니만 못할 터였다.

아르마딜로 앞 도로변은 차를 댈 자리가 마땅치 않았다.

주차 단속이 막 끝난 데다 퇴근 무렵이라 도로변은 불법 주정차 차량으로 빼곡했다. 개중에 굴다리 앞에서 마주쳤던 승용차가 있는지 더듬어 보았다. 그 차가 상향등을 켠 탓에 차종을 확인하지 못했다.

술집 맞은편에서 십여 미터쯤 더 가서 골목 모퉁이에 차 댈 자리가 보였다. 거기에 차를 대고 내렸다. 달려오는 차들을 피해 단걸음에 길을 건넜다. 펍 문을 열고 들어서며 둘러보았지만 조로는 어디에도 보이지 않았다. 멀찌감치 서빙 보는 지우가 보였다. 그리로 다가가 물었다.

"어딨어요?"

"쫌 전에 급히 나가던데……."

"그놈 맞아요?"

지우가 고개를 끄덕였다. 밖으로 뛰쳐나와 주위를

둘러보았다. 조로는 어디에도 보이지 않았다. 맞은편 도로변에서 막 뒤로 빼는 승용차가 보였다. 검은 BMW. 호주머니에서 꼬깃꼬깃해진 출력물을 꺼내 들고 맞은편 BMW에 대보았다. 얼추 들어맞는 듯했다. 차 유리 선팅이 짙어 운전자가 조로인지는 확실치 않았지만, 승용차는 어젯밤 은미의 사진 속 승용차와 차이가 없었다.

일단 붙잡고 보자.

무작정 도로로 뛰어들었다. 빠앙! 순간, 경적이 나를 덮쳤다. 둔중한 충격이 오른쪽 어깨와 골반을 후려쳤다. 몸이 붕 떠올랐다가 아스팔트 위로 곤두박질했다. 본능적으로 낙법을 써보려 했지만 녹슨 몸뚱이가 제대로 말을 듣지 않았다. 볼썽사납게 도로 위를 나뒹굴었다. 나를 치고도 멈추지 않은 승합차가 관성을 못 이기고 내게 달려들었다. 회전을 멈춘 타이어가 아스팔트를 긁으며 눈앞으로 다가들었다.

승합차 타이어가 내 얼굴을 뭉개기 직전의 찰나가 영겁처럼 불어났다. 나를 보던 아내의 눈동자가 떠올랐다. 그 미소와 보드랍던 살갗의 감촉이 되살아났다. 아내를 빼닮은 화영의 얼굴이 이어졌다. 아이가 간절한 눈으로 다가들 때마다 진저리치며 밀어냈던 나날들. 단 한 번도 아이에게 웃어준 적이 없었다. 안아준 적도, 사랑한 적도 없었다.

한없이 늘어졌던 순간이 원래 속도로 돌아오며 기억의 주마등도 사그라졌다. 내 얼굴에서 꼭 한 뼘 떨어진 앞에 멈춘 승합차 타이어가 보였다. 차 엔진이 뿜어내는 열기에 얼굴이 후끈했다. 고개를 들고 벌떡 튕겨 일어났다. 저만치 멀어져 가는 BMW가 보였다.

"괜찮아요?"

승합차에서 내린 남자가 물었다. 괜찮지 않았다. 자리에서 일어서다 현기증이 일어 승합차 보닛을 붙들고 몸의 중심을 잡아야 했다. 하지만 그 와중에도 눈으로는 BMW 꽁무니를 쫓았다. 번호판의 숫자 네 자리만이 눈에 들어왔다.

0000.

숫자 네 자리가 모두 0이었다. 몇 번이나 확인했다. 0000이 확실했다. 세상에 번호판이 0000인 차가 있었던가. 혼란스러운 와중에도 절뚝거리며 도로를 건넜다.

"그냥 가시면 어떡해요? 사장님!"

승합차 운전자의 외침에 괜찮다고 손을 흔들며 내달렸다. 스타렉스를 세워둔 골목 모퉁이까지 가는 길이 너무나 길었다. 눈앞에서 멀어져가던 BMW가 교차로에 다다를 즈음 신호등이 적신호로 바뀌었다. BMW가 속도를 줄이며 좌회전 차선에 멈춰 섰다.

놈이 행여 내 낌새를 눈치채지는 않았는지 차에 올라타면서도 유심히 지켜보았다. 교차로에 멈춘 BMW에게서 조급해하는 기색은 보이지 않았다. 내가 뒤쫓는다는 사실을 알아차리지 못했다는 증거였다. 시동을 걸고 도로로 접어들었다. 교차로 앞에서 차 여러 대를 앞지르며 신호를 올려다보았다. 신호등 옆으로 '직진 후 직좌' 표지판이 보였다. BMW는 좌회전 차선의 맨 앞, 대여섯 대의 차가 그 뒤로 대기 중이었다. 좌회전 차선으로 붙어야 했지만, 자칫하면 내 앞에서 신호가 끊겨 놈을 놓치기에 십상이었다. 2차선으로 붙었다.

직진 신호가 들어왔다. 앞차들이 빠지기 시작했다. 교차로에 다다랐을 때 좌회전 표시등을 켜고 BMW 앞으로 끼어들었다. 직진하던 차들이 경적을 울리며 비껴갔다. 차창을 내리고 끼어들어 미안하다는 수신호를 보내며 사이드미러로 BMW를 살폈다. 차창 선팅 때문에 BMW 안은 보이지 않았다.

좌회전 신호가 떨어졌다. 핸들을 왼편으로 꺾으며

가속 페달을 밟았다. BMW가 별다른 의심 없이 뒤따랐다. 차가 좌회전으로 교차로를 다 건넜을 즈음 급브레이크를 밟았다. 뒤따르던 BMW가 경적을 누르며 급정거했다. 타이어로 도로를 긁으며 다가든 놈이 내 스타렉스를 들이박았다. 충격에 몸이 앞으로 쏠렸다 뒤로 확 젖혀졌다. 기정에게는 미안했지만 이렇게라도 해야만 했다. 만약 놈이 떳떳하다면 조로가 차에서 내려서 사고 유발자인 내게 항의라도 할 터였다. 그렇지 않다면…….

비상등을 켜고 차를 갓길에 댔다. BMW도 비상등을 켰다. 그러나 스타렉스 뒤로 차를 붙이려던 놈이 방향을 틀었다. 그러고는 재빨리 내 차를 비켜 달아나기 시작했다.

의심이 확신으로 바뀌었다. 떳떳하다면 달아날 이유가 없었다. 핸들을 틀고 BMW의 뒤를 쫓기 시작했다. 놈의 꽁무니에 대고 경적을 울리며 상향등을 번뜩였다. BMW는 내 경고에는 아랑곳없이 앞차들을 이리저리 앞지르며 달아났다.

교차로가 나타났다. 신호등에 빨간불이 켜졌다. 놈은 신호를 무시하고 내달렸다. 나도 놈을 쫓았다. 신호를 받고 출발하려던 차들이 놀라 급정거했다. 그때부터 아예 비상등을 켰다. 속도계가 시속 100킬로미터 가까이 치솟았다.

BMW 앞으로 과속방지턱이 나타났다. 놈은 그대로 내달렸다. 턱을 뛰어넘으며 허공에 붕 떠올랐던 차체가 아스팔트에 부딪히며 불똥이 튀었다. 놈을 뒤쫓는 내 차도 펄쩍 뛰었다 바닥에 내려앉았다. 차 밑바닥이 아스팔트를 긁으며 새된 소리가 났다.

시내 쪽으로 접어들자 차가 밀리기 시작했다. BMW가 핸들을 확 틀어 중앙선을 넘었다. 놈을 따라 유턴하면서 차가 도로 밖으로 튕겨 나갈 듯 미끄러졌다. 맞은편에서 달려오는 차가 있었더라면 사고로 이어질 뻔했다. 이대로 가면 괜한 민폐만 끼친다. 수년간 검도관 차를 몰며 구석구석 누비고 다닌 덕에 홍주 시내가 부처님 손바닥이라 그나마 다행이었다. 교차로에서 직진하는 BMW를 보며 오른편으로 핸들을 틀었다. 직진으로 내달리는 BMW보다 한발 앞서 덜미를 붙들 작정이었다.

지름길을 가로질러 대로로 먼저 나오자 저만치 달려오는 BMW가 보였다. BMW가 다가든 순간, 가속 페달을 밟아 도로로 가로막았다. 놀란 놈이 경적을 울리며 상향등을 번뜩였다. 그마저도 여의치 않자 놈이 급정거했다. 타이어가 아스팔트를 끌며 내 쪽으로 미끄러졌다. 홱 눈을 질끈 감고 이어질 굉음과 충격을 기다렸다. 그러나 충돌은 없었다. 놈은 스타렉스가 선 방향과 나란히 멈춰 섰다. 내 차와 한 뼘 거리였다.

칼을 챙겨 들고 차에서 내렸다. 운전석에서 조로가 튀어나왔다. 나와 반대 방향으로 달아나는 놈의 뒤통수에 대고 외쳤다.

"조로!"

놈이 걸음을 멈추고 돌아보았다. 나와 눈이 마주친 놈의 얼굴에 복잡한 감정이 스쳤다. 그때 확신했다. 저놈, 뭔가 있다. BMW 보닛을 밟고 펄쩍 뛰어올랐다. 놈이 도로 차에 들어가려 했다. 그러나 내가 빨랐다. 놈이 운전석으로 뛰어들려는 찰나, 거꾸로 쥔 칼자루로 놈의 정수리를 내리찍었다. 놈이 비명을 내지르며 아스팔트에 주저앉았다. 나 또한 칼자루를 휘두르느라 몸의 균형을 잃는 바람에 오른쪽 무릎이 아스팔트에 부딪혔다. 무릎뼈가 으스러지는 듯한 통증에 눈앞이 아득해졌지만, 용수철 인형처럼 튕겨 일어났다. 선수 시절 몸에 밴 '공세'라는 검도 기술이 되살아났다. 상대를 압박해 공격 의지를 꺾는다. 일어서려고 버르적거리는 놈의 머리에 대고 칼자루를 콱콱 내리찍었다. 매에는 장사 없다. 쉴 새 없이 쏟아지는 칼자루 세례에 놈은 몸을 공벌레처럼 웅크리고 신음했다. 기선을 제압해 두어야 했다. 놈이 전의를 완전히 상실했을 때 놈의 티셔츠 멱살을 붙들었다. 놈을 질질 끌고 가서 스타렉스 조수석에 떠밀어 넣고 문을 닫았다. BMW를 갓길에 대놓고 스타렉스로 돌아왔다. 그동안 놈은 얼빠진 얼굴로 몸을 떨며 나를 바라보았다. 예상보다 새가슴인 놈이었다. 놈에게 화영의 사진을 내밀었다.

"얘 알지?"

놈의 얼굴에 다시금 복잡한 감정이 스쳤다. 대답은 그 표정으로 충분했다. 놈의 턱을 올려붙였다. 한 번, 두 번……. 세 번 만에 놈이 쭉 뻗었다.

6

놈이 눈을 떴다.

거꾸로 뒤집힌 세상에 의아해진 눈알이 이리저리 돌아갔다. 한참 만에 자신이 거꾸로 매달렸다는 사실을 깨닫자, 놈의 얼굴에 공포가 어렸다. 놈의 눈길이 수풀 우거진 골짜기와 나방 번데기처럼 밧줄에 칭칭 묶여 거꾸로 매달린 제 몰골과 제 정수리 밑으로 흐르는 개울물을 번갈아 오갔다. 밧줄을 따라온 놈의 눈길이 이윽고 내게로 닿았다.

"화영이 어딨어?"

밧줄을 그러쥐며 놈에게 물었다. 불빛이라고는 달빛뿐인 어둠 속에서 놈이 눈알을 굴렸다. 일부러 스마트폰 손전등도 켜지 않았다. 어두울수록 더 무서울 테니까.

"예?"

놈이 되물었다. 말만 들어서는 화영이라는 이름 자체를 처음 듣는 듯했다.

"화영이 어딨냐고."

"화영이가 누군지 저도 잘……."

붙들었던 밧줄을 느슨하게 풀었다. 순식간에 놈의 머리가 물속으로 가라앉았다. 다섯을 세기로 했다. 하나. 숨을 들이켤수록 공기 대신 물이 입과 코로 쏟아져 들어온다. 둘. 놈이 뿜어낸 공기 방울들이 물 위로 솟구쳤다. 셋. 놈이 기우뚱기우뚱 몸부림쳤다. 넷. 밧줄이 이리저리 쏠릴 만큼 몸부림이 거칠어졌다. 다섯. 그제야 밧줄을 끌어당겼다. 놈의 머리가 물 위로 쑥 올라왔다. 놈이 내장을 모조리 토해낼 기세로 콜록대며 물을 게워냈다. 한숨 돌릴 겨를도 없이 다시 물었다.

"화영이 어딨어?"

놈이 다급히 외쳤다.

"살려 주세요! 한 번만, 한 번만 살려 주세요!"

"살려 줄 테니까 말해. 화영이 어딨어?"

놈은 공포에 질려 숨을 헐떡이면서도 머뭇거렸다. 하지만 놈은 화영이 어디 있는지 안다. 이 와중에도 입을 열지 못할 이유가 있을 뿐이었다. 다시 밧줄을 풀었다. 놈의 머리가 물속에 잠겼다. 물 위로 일렁대는 달이 밝았다. 보름달이었다. 한낮의 열기가 가시고 밤이슬이 내리는 기악산 계곡은 맑고 서늘했다. 바람이 불고 새가 울었다. 민물고기 한 마리가 수면에 올라왔다가 제풀에 놀라 잔물결을 일으키며 물 밑으로 달아났다. 엉뚱하게도 여기에 화영과 함께 왔으면 좋았으리라는 생각이 들었다. 화영이 산을 좋아했던가, 바다를 좋아했던가. 기억나지 않았다. 여태껏 단 한 번도 화영과 어디에 놀러 가본 적이 없었으니까. 머리가 잠긴 놈의 몸부림이 단말마의 경련에 가까워졌다. 그제야 밧줄을 끌어당겼다.

물 밖으로 얼굴을 내민 놈이 쿨럭대는 와중에도 뭐라고 외쳤다. 기침과 구역질 때문에 제대로 알아듣

기 어려웠지만, 놈이 말하려 애쓰는 내용은 '살려줘요.' 와 '말할게요.'였다.

"화영이 어딨어?"

똑같이 묻고 기다렸다. 놈이 외쳤다.

"죽였어요! 조광열! 그 미친 새끼가 죽였어요!"

처음에는 그 말뜻을 제대로 이해하지 못했다. 죽였다니, 대체 누구를 죽였다는 말인가. 누구를……?

"뭐?"

"죽였다고요! 제가 안 죽였어요! 진짜 하늘에 맹세하는데 전 죽이지 말자고 했어요. 근데 조광열 그 새끼가 죽였어요. 묻은 데 어딘지 제가 알아요. 가르쳐드릴게요. 살려만 주시면 지금 바로 알려드릴게요. 제발, 제발……."

놈은 흐느끼기 시작했다. 도대체 놈이 무슨 헛소리를 지껄이는지 몰라 한동안 우두커니 허공만 바라봤다. 물가 수풀에서 풀벌레가 울고 수풀이 바람에 수선거렸다.

죽였다고……? 조광열이라는 놈이……? 묻었다고……? 대체 누구를……?

빈칸에 화영을 채워 넣는 데에만 한참이 걸렸다. 인사불성으로 취해 길바닥을 뒹굴다 취기가 걷히고 제정신이 돌아온 순간처럼 놈의 말뜻이 서서히 또렷해졌다.

"화영이가…… 죽었다고?"

귓속에서 이명이 울리기 시작하더니 모든 감각이 끄기 버튼을 누른 듯 날아갔다.

놈을 앞세워 야산에 올랐다.

중학생 시절, 땅거미 내려앉은 저수지 물가에 둥둥 떠 있던 익사체를 본 적이 있었다. 꼭 섬 같았다. 나뭇가지며 수초 따위가 걸린 불룩한 배 때문에 그렇게 보였다. 시신은 물을 떠도는 섬이 되어 유유히 떠다녔다.

어둠에 잠긴 산등성이를 올려다본 순간, 그때 기억이 되살아나 고개를 세차게 뒤흔들었다. 앞서 오솔길을 오르던 놈이 돌아보았다. 손에 든 삽으로 놈의 얼굴을 후려쳤다. 놈이 신음을 흘리며 황급히 고개를 돌렸다.

여전히 믿기지 않았다. 화영이가 죽었다니……. 양손에 각각 든 환도와 삽자루를 꽉 그러쥐며 이를 악물었다. 이 두 눈으로 똑똑히 확인해야 했다.

야산 중턱에 이르니 널찍한 공터가 나왔다. 흙을 갓 쌓아 올린 듯한 무덤 두 개가 보였다. 놈이 그 무덤 사이로 걸어 들어가더니 멈추었다.

"여기요."

"확실해?"

"예."

놈에게 삽을 던졌다.

"파."

놈이 어물쩍거렸다. 그제야 놈의 손목을 묶은 밧줄이 보였다. 놈의 뒤로 다가가 손목을 풀어주고 뒤로 몇 발짝 물러섰다.

잠시 머뭇거리던 놈이 삽을 들었다. 스마트폰 손전등으로 놈이 파는 자리를 비추었다. 최근에 땅을 팠다가 묻었는지 흙이 무르다. 놈이 땅을 파는 동안에도 상황을 벗어나고 보자는 마음으로 거짓말했다고 믿었다. 누가 저기에 묻혔다 쳐도 화영은 아니라 믿었다. 놈이 떠낸 흙이 쌓일수록 인정하고 싶지 않은 의심도 두둑이 쌓여갔다. 만일 놈의 말이 사실이라면, 저 땅속에 화영이 묻혀 있다면…….

한참 만에 놈이 허리 깊이까지 구덩이를 팠다. 시신 따위는 나오지 않았다. 그저 흙뿐이었다. 그럼 그렇지. 내심 안도의 한숨을 내쉬던 순간 삽에 뭐가 턱, 걸렸다. 나무뿌리인 줄 알았는데 아니었다. 손전등에 비친 그것은 손이었다. 사람의 손. 삽날에 손등이 까인 손. 그런데도 움직이지 않는 손. 손을 비추던 불빛이 흔들렸다. 손전등을 든 손이 바들거려서 다른 손으로 그 손을 붙들어야 할 지경이었다.

"잠깐."

놈의 뒤통수에 한마디 던지기도 버거웠다. 놈이 동작을 멈추고 나를 돌아보았다.

"나와."

놈이 내 눈치를 보며 구덩이 밖으로 기어 나왔다.

"엎드려."

땅바닥에 엎드린 놈의 손목과 발목을 등 뒤로 끌어당겨 한 덩어리로 뭉뚱그리고 밧줄로 칭칭 묶었다. 근육이 땅기는지 놈이 신음했지만 그럴수록 더 거칠게 몰아붙였다.

"움직이면 죽는다."

놈을 단단히 묶고 구덩이 쪽으로 돌아섰다. 확인해야 한다. 저 손이 화영과 상관없다는 사실을 두 눈으로 확인해야 했다. 구덩이로 내려섰다. 구덩이 안쪽 흙더미들이 부서져 내렸다. 다리 힘마저 풀려 중심을 잃고 고꾸라질 뻔했다. 흙더미 위로 비죽 튀어나온 손으로 다가갔다. 쪼그리고 앉아 전화기 손전등으로 비추었다.

손은 아직 썩지 않았지만, 피가 돈 지 오래된 듯 잿빛이었다. 불빛을 받은 손가락 안쪽이 희미하게 빛났다. 관자놀이가 터질 듯이 뛰기 시작했다. 손가락 위치로 미루어보건대, 왼손이었다. 빛나는 부위는 왼손의 약지 중간이었다. 반지. 화영도 왼손 약지에 18K 반지를 끼고 다녔다. 첫 월급 타서 산 물건이었다.

"어때?"

손에 낀 반지를 내게 보여주던 아이의 들뜬 얼굴이 눈에 선했다. 그럴 리 없다. 손가락 주변의 흙을 허겁지겁 파냈다. 화영의 반지와 똑같았다. 반지 가운데에 박힌 큐빅도 같았다. 전화기를 내려놓고 손을 붙들었다. 차가웠다. 아이의 손일 리 없다. 이렇게 차가울 리 없다. 아이 손은 늘 따뜻했다. 여름에는 뜨겁기까지 했다. 그마저도 제 어미를 닮았다. 한번은 아이가 뒤로 다가와 두 손으로 내 눈을 가렸다. 연애 시절 아내가 곧잘 하던 장난이었다. 그날 눈두덩에 닿던 부드럽고 따뜻한 감촉도 아내의 손과 비슷했다. 그래서 더 견디기 힘들었다. 소스라치며 손을 털어낸 순간, 무안해진 얼굴로 나를 바라보다 돌아서던 아이의 작은 어깨가 지금도 눈에 선했다.

아니다. 내 딸 손이 아니다. 손을 붙들고 거칠게 끌어당겼다. 흙더미 속에서 손이, 팔이, 어깨가 잇달아 끌려 나왔다. 군데군데가 까지고 피멍 든 팔과 어깨가 드러났다. 그다음에 드러날 얼굴을 차마 볼 자신이 없어 몇 번이나 머뭇거렸다. 하지만 내 눈으로 봐야 했다. 화영이 아니기만 하면 된다. 경찰에 신고해 연고자를 찾아달라 하고, 원점으로 돌아가 아이를 찾으면 될 일이었다. 이를 악물고 시신의 팔을 끌어당겼다. 사후경직으로 뻣뻣해진 팔과 어깨와 얼굴이 흙 속에서 불쑥 솟아올랐다.

얼굴과 마주친 순간, 잡았던 손을 놓았다. 주검이 맥없이 뒤로 넘어갔다. 분명 화영을 닮은 얼굴이었다. 칼에 베인 목이 덜렁거리고 피와 흙과 머리카락이 한데 엉겨 붙은 몰골이었다. 한쪽 눈두덩은 피멍이 든 채 퉁퉁 부어올랐고 미처 감지 못한 눈은 각막혼탁으로 흐렸다. 분명 닮기는 했다. 하지만 화영은 아니었다. 어제 아침, 내게 뺨을 맞고 집을 나간 아이가 이렇게 되었을 리 없었다. 화영이 아니다. 닮았지만, 아니었다.

딱했다. 어쩌다 저런 놈들한테 몹쓸 짓을 당하고 이 꼴로 땅에 묻혔을까. 그렇게 생각하며 손으로 주검의 얼굴을 훑었다. 보면 볼수록 화영을 빼닮은 얼굴이었다. 어쩌면 이렇게 화영과 닮았을까. 기분 나쁜 우연의 일치였다.

점. 옆구리 반점이 번뜩 떠올랐다. 아이의 오른쪽 옆구리에는 태어났을 때부터 어른 엄지손톱만 한 반점이 있었다. 윗몸을 흙 밖으로 끄집어냈다. 화영이 아니라면 옆구리에 반점이 있을 리 없었다. 너덜거리는 블라우스도 화영의 옷과 비슷했다. 그 틈으로 옆구리가 보였다.

있었다.

피멍이 든 갈비뼈 밑에 보란 듯 박힌 반점이 보였다. 다시 눈앞의 얼굴을 들여다보았다. 그제야 가슴이 쩍 하고 무너져 내렸다. 화영이었다. 틀림없는 내 아이였다. 아무리 아니라고 고개를 가로저어도 헛일이었다. 전화기가 내 손에서 툭 떨어졌다. 어둠이 눈앞을 뒤덮었다. 차라리 보지 않는 편이 나았다. 그러나 찢기고 붓고 망가진 아이의 잿빛 얼굴을 달빛이 드러냈다. 썩은 내가 났다. 죽은 유기체에 미생물이 파고들어 분해할 때 나는 냄새였다. 아이의 냄새가 아니었다. 아이의 체취는 이런 퀴퀴한 시취가 아니었다.

손에서 시작한 떨림이, 가슴을 칼로 저미는 통증이 온몸으로 번졌다. 아이가 죽었다. 떨림과 통증이 극

심해졌다. 시신을 붙들었다. 그렇지 않으면 온몸의 떨림을 견디지 못할 듯했다. 떨림이 잦아들 때까지 시신을 붙들고 기다렸다. 달빛이 눈에 익자 시신을 도로 바닥에 눕혔다.

목을 가로지른 상처가 깊었다. 시커멓게 입 벌린 자상은 거대한 심연이었다. 온몸을 뒤덮은 멍과 상처와 핏자국은 화영이 죽기 전 겪었을 고통을 고스란히 드러내는 흔적들이었다. 도대체 이 아이가 뭘 잘못했기에…….

아이를 구덩이 밖으로 끄집어냈다. 달빛에 번들거리는 풀숲에 아이를 뉘고 부릅뜬 눈을 감겨 주었다. 그러고는 자리에서 일어섰다. 놈이 바닥에 납작 엎드린 채로 나를 올려다보았다. 놈에게로 다가갔다.

"살려 주세요. 제가 안 죽였어요. 진짜예요. 조광열이 죽인 거예요. 한 번만, 제발 한 번만 살려 주세요."

놈이 애원했다. 그의 옆에 쪼그리고 앉아 손발을 묶은 밧줄을 풀어 양손을 묶었다. 두 다리가 자유로워진 후에도 놈은 움직일 엄두를 내지 못했다. 놈의 머리채를 부여잡고 일으켜 세웠다.

"가자."

"어…… 어디로요?"

구덩이 입구에 내려놓았던 환도를 집어 들며 놈에게 말했다.

"조광열한테……."

놈은 망설였다. 이 상황 못지않게 광열이란 놈도 두려운 모양이었다. 환도의 칼집에서 칼을 뽑았다.

"아니면 죽어라."

칼을 쳐들자 놈이 다급히 외쳤다.

"잠깐만요! 죽이지 마세요. 갈게요. 그 새끼한테 모셔다드릴 테니까 죽이지 마세요."

내가 멈칫하자 놈이 용수철 인형처럼 자리에서 퉁겨 일어섰다. 오솔길 쪽으로 돌아서려던 놈이 한쪽 어깨로 내 가슴을 밀쳤다. 뜻밖의 일격에 중심을 잃고 뒷걸음질 치던 중 바닥이 쑥 꺼졌다. 구덩이였다. 볼썽사납게 구덩이로 나자빠졌다. 구덩이 너머로 놈이 산비탈로 내달리는 소리가 들려왔다. 벌떡 일어나 구덩이를 빠져나왔다. 궁지에 몰린 쥐에게 물린 기분이었다. 놈의 뒤를 쫓아 비탈을 내달았다. 어깨가 우거진 잡목과 부딪치고 눈가가 늘어진 나뭇가지에 쓸렸다. 나무가 몸을 떨고 나뭇가지가 부러졌다. 금세 숨이 가빠오고 다리 근육이 뻐근해졌다.

밤이슬 머금은 수풀에 미끄러지는 소리가 났다. 열

발짝도 채 떨어지지 않은 지점이었다. 달음박질을 멈추었다. 이내 야산은 어둠에 잠겼다. 놈은 보이지 않았다. 입이라도 틀어막았는지 숨소리도 들리지 않았다. 들리는 소리라고는 내 입에서 쏟아져 나오는 가쁜 숨소리뿐이었다. 숨을 고르며 주위를 살피던 중 유독 밑동이 굵직한 아름드리나무에 눈길이 갔다. 이 근처에 몸을 숨길만 한 데라고는 저기뿐이었다. 칼을 치켜들고 그리로 다가갔다. 오랜만의 뜀박질로 거세진 맥박이 관자놀이를 두들겼다. 나무에 다다르자 무심히 지나치는 척하다 칼을 휘두를 기세로 홱 돌아섰다. 없었다.

그때 등 뒤에서 인기척이 일었다. 어느새 양손의 밧줄을 풀고 뾰족한 돌덩이를 치켜든 놈이 괴성을 지르며 달려들었다. 칼을 휘두르려 했지만, 놈이 더 빨랐다. 둔한 충격이 옆머리를 뒤흔들었다. 벼락 맞은 고목처럼 쓰러졌다. 그제야 비탈 위에서는 눈에 띄지 않는 야트막한 언덕이 보였다.

"죽어, 이 개새끼야!"

다시금 돌덩이를 치켜든 놈이 내 얼굴에 돌덩이를 내리꽂았다. 돌덩이가 얼굴을 박살 내기 직전 몸을 틀었다. 돌은 관자놀이를 스치며 내 왼쪽 귓가에 박혔다. 놈이 동작을 멈추고 제 배를 내려다보았다. 놈의 눈이 휘둥그레졌다. 칼날을 타고 흘러내리는 핏줄기를 보는 놈의 숨을 가빠지기 시작했다. 칼을 더 깊숙이 밀어 넣으려다 빼냈다. 몇 번이고 놈을 난도질하고 싶었지만, 실제로는 그러지 못했다. 놈의 근거지와 광열이란 놈을 찾아야 했으니까.

놈이 배를 움켜쥐고 뒤로 주춤주춤 물러났다. 허공을 허우적거리던 놈이 벌렁 나자빠졌다.

자리를 박차고 일어나 칼을 치켜들었다. 이를 악물고 칼자루를 그러쥐었다. 그러고는 놈에게로 다가갔다. 돌덩이에 맞은 머리에서 흘러내린 피가 셔츠를 흥건히 적셨다. 눈앞이 핑 돌았다.

겁을 집어먹고 버르적거리며 뒤로 물러나던 놈이 굵직한 나무 밑동에 걸렸다. 바지 호주머니를 뒤져 손수건을 끄집어내 놈에게 던졌다.

"이걸로 상처 눌러."

놈이 손수건을 뭉쳐 배의 상처를 누르며 신음했다.

"일어나, 한 번만 더 허튼짓하면 그땐 모가지 자른다."

놈이 전의를 완전히 잃어버린 얼굴로 비척비척 일어섰다. 그때 호주머니 속에서 전화기가 울렸다. 내 전화가 아니라, 놈에게서 빼앗은 스마트폰이었다. 발신인은 '광열 형님'이었다. 통화 버튼을 누르자 놈의 목소리가 들려왔다.

"어디냐?"

대답하지 않았다.

"대답 안 해?"

이번에도 내가 대답하지 않자, 전화기 너머에서도 말이 없어졌다. 놈과 나는 한동안 침묵으로 기 싸움을 벌였다. 한참 만에 놈이 다시 입을 열었다.

"누구세요?"

이제는 익숙해진 단어가 나도 모르게 내 입에서 흘러나왔다.

"제로."

7

"어떻게 이런……."

내 전화를 받고 산자락으로 달려온 기정은 스타렉스 뒷좌석의 아이를 본 순간, 말을 잇지 못했다. 그는 아빠인 나보다 더 분노했고 아빠조차 흘리지 않았던 눈물을 흘렸다.

"개만도 못한 새끼들, 어떻게 사람을 이 지경으로……. 저 새끼, 그냥 콱 죽여 버리지! 뭘 쳐다봐, 씨발놈아! 눈깔을 확 뽑아 벌라."

기정이 스타렉스 맨 뒷자리에 묶인 채 앉아 있는 놈을 삿대질하며 길길이 날뛰었다. 아이에게로 달려간 그는 아이를 붙들고 흐느꼈다.

"아이고, 화영아, 이게 무슨 날벼락이냐. 니가 뭘 잘못했다고 이런 모진 짓을 당하냐."

한참을 흐느끼던 그가 운전석을 홱 돌아보며 외쳤다.

"씨발 오도환! 어떻게 된 인간이 딸내미가 이 지경이 돼서 죽었는데 어떻게 눈물 한 방울 안 흘리냐? 애비 맞어? 인간이 어쩜 그렇게 모질어? 우리 화영이, 불쌍해서 어쩌냐."

그의 말이 맞는지도 모를 일이었다. 아이의 죽음을 확인하고도 눈물이 나지 않았던 이유도 애초에 부성애 따위 없는 인간이었기 때문일는지도 모른다. 담배를 피워 물고 차창 너머로 기악산의 밤 풍경을 내다보며 기정의 울음이 잦아들기를 기다렸다. 담배를 손가락 사이에 끼운 손이 떨렸다.

기정은 아이 옆에 앉아서도 울분을 토하다 이따금 슬픔이 북받치는지 팔뚝으로 눈을 훔치곤 했다. 조로를 잡고 아이를 찾기까지의 사연을 털어놓고 난 뒤였다.

"신고는, 했어?"

기정이 차창 너머의 풍경을 멍한 시선으로 내다보며 물었다. 망설이지 않고 대답했다.

"아니, 안 할 거야."

"미쳤어? 뭘 어떻게 하려고?"

"시작했으니 끝을 봐야지."

기정이 답답하다는 듯 거칠게 마른세수했다.

"형, 형 심정 백번 이해하고 뭘 하려는지도 대충 알겠는데…… 하지 마. 형이 무슨 '어벤져스'라도 되는 줄 알아? 다 늙어 빠져갖고 무슨……. 객기 부리다 형까지 잘못되지 말고 이쯤에서 저놈 경찰에 넘기고 경찰한테 맡기자. 형이 잘못되면 화영이 상주는 누가 해주냐?"

"나 잘못되면 뒷일은 네가 수고 좀 해줘라."

"말이라고 해? 멀쩡한 애비 놔두고 내가 왜 애 장례를 치러? 다 좋다 이거야. 형이 진짜 운 좋게 칼 빼 들고 그놈들 싹 다 잡아서 모가지 땄다 쳐, 그럼 뭐 속이 후련해지겠냐? 똑같은 놈밖에 안 되는 거야. 그러니까 제발 부탁인데 일 더 커지기 전에 접어."

"그러기엔 이미 커졌어……."

"아오, 진짜 오도환 똥고집 또 시작했네. 화영인? 저대로 끌고 다닐 거야?"

그제야 아차 싶었다. 앙심에 눈이 뒤집혀 급선무를 잊었다. 룸미러로 뒷좌석에 드러누운 화영의 시신을 돌아보았다. 무더위에 부패하기 시작한 시신 냄새가 차 안의 공기를 물들였다. 티셔츠로 덮어 놓은 얼굴 위로 꼬인 파리 두어 마리도 보였다. 곧 놈들이 눈이나 코를 파고들어 알을 까리라. 당장 장례를 치르지 못한다면 안치실에라도 보내야 했다. 경찰에 신고하고 정상적인 장례 절차를 밟는다면 문제가 없었다. 그러지 못할 상황이라 문제였다.

"너 혹시 장례식장에 아는 사람 없냐."

"아, 진짜 미치겠네. 형, 제발 부탁인데 장례부터 치릅시다. 애 발인이나 하고 광열인지 광땡인지 찾으면 되잖아. 그게 순서 아녀?"

대꾸하지 않았다. 오랜 세월 나와 함께한 기정은 내 침묵이 무엇을 의미하는지 이내 알아차렸다.

"그래, 씨발, 언제는 순서 따지고 살았냐. 돌아버린 오도환한테 내가 뭘 어쩌겠냐. 영준이라고 홍주의료원 장례식장에서 실장 하는 놈 있어. 한번 연락해 볼게."

영준에게 전화로 건 기정은 그에게 통사정했다.

"영준아, 하루만 임시로 어떻게 안 되겠냐. 알아, 안다고. 사망진단서니 뭐니 그딴 절차 다 아는데 지금 상황이 워낙 급해서 너한테 부탁하는 거야. 까놓고 말해서 너도 나한테 신세 진 거 있잖냐."

한참 만에 전화를 끊은 기정이 안도의 한숨을 불어내며 말했다.

"마침 당직이라 의료원에 있다네. 일단 와보래."

의료원 안치실은 거대한 관 속이었다.

"괜찮겠어?"

나를 도와 화영을 유체 보관함의 운구대에 눕히고 난 기정이 물었다. 그에게 보일 듯 말 듯 고개를 끄덕였다.

"있어 봐, 난 좀 나갔다 올게."

기정이 안치실 밖으로 나갔다. 안치실 출입문 너머에서 기정과 영준이 옥신각신하는 소리가 들려왔다.

"나 진짜 니 얼굴 봐서 모가지 걸었다. 지금 CCTV도 올스톱시켜 놨어. 알아, 몰라?"

"알지, 인마. 모르면 사람 새끼냐. 울 형님이 최대한

빨리 끝내신다니까 나가서 시원한 아아나 한잔 때리고 오자."

기정이 영준을 어르고 달래며 끌고 가는 소리도 들렸다. 조금 전, 아이를 닦아주고 싶다는 내 말에 영준은 펄쩍 뛰었다. 염습은 나중에 제대로 계약서를 쓰고 염습실에서 해야지, 누가 언제 들이닥칠지 모르는 판에 안치실에서 무슨 염습이냐는 말이었다.

기정이 간곡히 사정한 끝에야 영준은 고개를 내저으며 대략의 요령을 일러주었다. 그가 일러준 대로 머리부터 마른 수건으로 닦았다. 매일 아침 머리를 감고 헤어드라이어로 급히 말리느라 상할 대로 상한 머릿결이 뻣뻣했다. 영준은 원래 머리를 감겨야 한다고 했지만 그럴 상황이 아니었다.

운구대 위의 화영은 낯빛과 상처를 빼고 보면 잠든 듯했다. 생전에 단 한 번도 그 아이를 씻겨준 적이 없었다.

아이의 목을 깊숙이 가른 자상을 내려다보았다. 목을 가른 상처 사이로 빼끔 입을 벌린 붉은 살점과 잘린 힘줄과 핏줄을 보았다. 물수건에 쑥물을 묻혀 피가 엉겨 붙은 상처 주변을 닦았다. 잘 닦이지 않아 여러 번 닦았다. 핏자국이 지워질 때까지 닦았다. 그러다 그 아이의 허벅지를 보았다. 하얗게 말라비틀어진 자국이 보였다. 한 놈의 것이 아닌 여러 놈의 것이었다. 허벅지를 닦고 또 닦아도 자국은 지워지지 않았다. 아마도 영영 지워지지 않을 터였다.

작업을 마치고 가만히 아이 얼굴을 내려다보았다. 평온해 보였다.

"참 예쁘다, 우리 딸."

아이가 그토록 듣고 싶어 했을 말을 뒤늦게 중얼거리고는 손잡이를 밀어 운구대를 냉동고 안으로 밀어 넣었다. 차가운 관이 아이를 집어삼켰다.

"어디 가려고, 또……?"

갓길에 서 있는 BMW 옆에 스타렉스를 대자 잠기 어린 목소리로 기정이 물었다. 선잠을 깼는지 눈이 벌겠다. 그에게도 못 할 짓이었다.

"저놈 데려다주러."

트렁크를 턱짓으로 가리켰다. 놈의 손발을 밧줄로 꽁꽁 묶어 트렁크에 가둬 두었다. 내 뜻을 눈치챈 기정이 내 팔을 붙들었다.

"아, 형! 아직 안 늦었어. 이쯤에서 경찰한테 넘기자. 병원 옮겨서 살리든, 일당들 줄줄이 잡아 처넣든 알아서 하라 그래. 저 새끼 이렇게 끌고 다니다 뒈지면 어쩔 건데? 형이 독박 쓸 거야?"

"그러려고."

트렁크 레버를 당기고 차에서 내렸다. 차 뒤로 가서 트렁크를 열자 온몸이 꽁꽁 묶인 놈이 핏기 가신 얼굴로 뒤척였다. 따귀를 서너 번 두들기자 놈이 부스스 눈을 떴다.

신음하며 몸을 일으키는 놈의 뒷덜미를 움켜쥐고 차에서 끌어 내렸다. 놈이 중심을 잃고 길바닥에 우당탕 나동그라졌다. 주위를 지나던 사람들의 눈길이 이쪽으로 쏠렸다. 상관없었다. 놈을 일으켜 세워 질질 끌고 가서 갓길에 대놓은 BMW의 조수석에 밀어 넣었다. 스타렉스에서 환도를 챙기는 내 팔을 기정이 붙들었다.

"형, 내가 마지막으로 한 번만 더 부탁할게. 여기서 그만하자. 화영이도 형이 이러는 거 안 바랄 거야. 여기서 더 나가면 돌이킬 수가 없다니까."

"돌이킬 수 없으니까 하는 거야. 돌이킬 수 있어도 할 거고. 백 번이고 천 번이고 그때마다 계속……."

마지막으로 그에게 털어놓았다. 어쩌면 이 세상에서 마지막으로 보는 기정의 얼굴일는지도 모르니까.

그에게는 가정도, 아내도, 아이도 있었다. 당장 죽어도 슬퍼할 이 하나 없는 나와는 달랐다. 그런 그를 진흙탕 개싸움으로 끌어들이는 일은 죄악이었다. 그의 손을 슬며시 뿌리치며 말했다.

"미안하다."

진심이었다. 스타렉스 차 문을 닫는 순간, 기정이 중얼거렸다.

"제로."

멈칫했지만 그에게 무슨 말이냐고 묻지 않았다. 아무것도 남지 않은 공(空)의 삶. 공에서 시작해 공으로 끝난다. 화영도, 편의점 점장도, 기정도 내게 그런 뜻으로 한 말일지도 몰랐다. BMW 운전석에 올라 조수석의 놈에게 말했다.

"가자."

가로등 하나 없어 암실 같은 국도를 내달렸다.

BMW 전조등이 도로의 어둠을 몰아냈지만 역부족이었다. 전조등 불빛에 물러났던 어둠이 꾸무니로 달려들어 차체를 할퀴었다. 이따금 마주 오는 차들은 하나같이 상향등을 번뜩였다. 그 불빛에 눈앞이 하얗게 바랠 때마다 화영의 얼굴이 망령처럼 스쳐 지나갔다.

저 너머에 표지판이 보였다. 500미터 앞에서 우회전하면 연화리로 빠진다는 표지판이었다. 조수석의 놈이 중얼거렸다.

"저기서…… 우회전이요."

놈이 안내하는 대로 달려 도착한 곳은 흔하디흔한 연두색 펜스로 둘러싸인 회색 샌드위치 패널로 지은 창고였다. 창고 옆구리에 걸린 간판을 차창 너머로 올려다본 순간, 아찔한 현기증이 일었다.

제로텍

저 상호 때문인가. 그런지도 몰랐다. 오늘 온종일 귓가를 환청처럼 맴돌았던 '제로'가 공교롭게도 들어가 있었으니까. 하지만 꼭 그 때문만은 아니었다. 분명 뭔가 다른 느낌이 들었다. 위화감 아니면 위기감. 뭐가 됐든 기분 더러워지는 불쾌감이었다.

"몇 놈이냐."

창고 울타리 근처에 차를 세우고 조수석의 놈에게 물었다. 놈은 눈이 풀린 채 몸을 바들바들 떨었다. 얼굴도 창백하고 입술도 파랗게 질린 품이 아무래도 저체온증이 온 모양이었다. 피로 흥건한 배도 예사롭지 않았다.

"저…… 응급실 좀……."

그 와중에도 살고 싶어서 내뱉는 말에 기가 찼다. 화영은 살고 싶어 했을까.

"응급실 가고 싶으면 대답해."

"여, 여섯이요."

"전부 한 패야?"

"네……."

"한 놈도 빠짐없이?"

"네."

여섯이 화영을 욕보이고 죽였다. 이제 그 여섯 놈 차례다.

"들어갈 땐 어떻게 들어가?"

"지문이요."

"어느 손가락?"

"엄지요."

"손 줘 봐."

내 말에 움찔한 놈이 겁먹은 기색으로 손을 움츠렸다.

"손가락 아니면 손목. 둘 중 골라라."

"사, 살려 주세요."

화영도 죽기 전에 놈들에게 살려 달라고 빌었을까. 하지만 놈에게 묻지는 않았다. 놈의 입에 아이를 올리는 일 자체가 죄악이었다.

환도를 챙겨 차에서 내렸다. 조수석 문을 열고 놈을 끌어내리며 놈의 손가락이나 손목을 자르려던 생각일랑 접어두기로 했다. 놈이 멱따는 소리를 질러대면 이래저래 골치 아파질 테니까.

다리에 힘이 풀려 길바닥에 고꾸라지려는 놈의 덜미를 움켜쥐고 일으켜 세웠다. 저 창고로 발을 들이기 전까지는 놈의 숨이 붙어 있어야만 했다. 창고를 둘러싼 울타리 출입구에는 '관계자 외 출입 금지'라는 경고문이 걸려 있었지만, 잠겨 있지는 않았다. 대신 출입구 옆과 창고 여기저기에 서서 이쪽을 지켜보는 CCTV 카메라가 눈에 띄었다. 카메라를 지켜보는 놈이 하나라도 있다면 내 접근을 알아차렸을 터였다.

모난 돌조각들이 잔뜩 깔린 널찍한 주차장 구석에는 낡아빠진 덤프트럭 한 대가 서 있었다. 주차장을 지나 창고로 다가갔다. 놈을 질질 끌다시피 하며 발길을 옮길 때마다 돌들이 자글거렸다. 창고 입구의 카메라가 빨간 눈으로 우리를 따라 모가지를 움직였다.

입구에 이르러 전화기를 들여다보았다. 오전 0시

00분. 0시 00분? 잘못 봤나 싶어 멈칫했다. 다시 들여다봐도 스마트폰 액정에 뜬 시각은 0시 00분이었다. 12시도 아니고 0시라니……. 전화기가 고장 났나? 시 단위 표기야 그렇다 쳐도 지금이 자정이라니……. 못해도 새벽 세 시는 넘겼어야 했다. 기나긴 밤이었으니까. 잠시 머뭇거리다 전화기 고장으로 결론지었다. 온종일 그 난리를 쳤으니 기계라고 멀쩡할 리 없었다.

창고 안은 불이 훤했다. 야근이라도 하는 중인가. 어쩌면 나를 기다리는지도 모른다. 출입문이 잠긴 탓에 창고 안을 살필 수는 없었다. 그러나 출입문 틈으로 흘러나오는 불빛은 어둠 속에서도 확연했다. 차로 밀고 들어갈까? 아니, 피를 봐야 했다. 놈들의 살점이 찢기고 베이는 감촉을 느껴야 했다. 귀청을 찢는 놈들의 비명을 들어야만 했다.

"열어."

그 말이 신호라도 된 듯 놈이 끈 떨어진 꼭두각시처럼 풀썩 엎어졌다. 발로 툭툭 건드려봤지만, 꿈쩍도 하지 않았다. 놈의 목에 손을 짚어봤다. 맥이 거의 느껴지지 않았다. 손에 든 칼을 칼집에서 빼내고 칼집을 바닥에 내던졌다. 이제 칼집은 필요 없다. 달빛에 번뜩이는 칼을 놈의 목에 겨냥해 번쩍 치켜들었다가 거두었다. 어차피 이대로 놔둬도 죽게 될 터였다.

바닥에 널브러진 놈의 팔을 붙들고 놈을 창고 출입문 옆에 붙은 지문인식기 쪽으로 끌고 갔다. 놈의 엄지를 센서에 갖다 대자 잠금장치 풀리는 소리가 났다. 놈의 팔을 놓고 출입문 앞에 섰다.

이 안에 놈들이 있다. 다른 생각은 할 여유도, 이유도 없었다. 창고 안에 귀를 갖다 댔지만, 인기척은 전혀 없었다. 그러나 느껴졌다. 숨을 죽인 채 내가 들이닥치기만을 기다리는 놈들의 존재가…….

폭풍 전야의 고요와 긴장이 밤안개처럼 주위를 맴돌았다. 시간이 멈춘 듯한 정적. 바로 그때였다. 등 뒤가 확 밝아졌다. 동시에 주차장 구석의 트럭이 성난 괴물처럼 울부짖으며 내게로 달려들었다.

옆으로 몸을 날렸다. 트럭이 바닥에 쓰러진 놈을 덜커덕 깔아뭉개며 간발의 차로 스쳐 지나갔다. 기습이 빗나가자, 출입문 코앞에 끽 멈춰 섰던 덤프가 곧바로 후진했다. 바닥에서 데구루루 몸을 굴려 가까스로 바퀴를 피했다.

역시 놈들도 내 방문에 대비했다. 광열이란 놈이 대기시켰겠지. 저만치 뒤로 물러난 덤프가 틈을 주지 않고 내게로 달려왔다. 자리에서 벌떡 일어나 달려오는 차로 몸을 던졌다. 정확히는 덤프 운전석 쪽 사이드 미러 고정대를 왼손으로 붙들고 매달렸다. 반쯤 내려온 차창 틈으로 운전하는 놈의 얼굴이 보였다. 트럭이 주차장을 이리저리 날뛰듯 달리며 나를 떼어내려 애썼다.

놈이 핸들을 왼쪽으로 홱 꺾었다. 내 몸이 차 앞쪽에 쾅 부딪혔다. 그래도 버텼다. 트럭이 오른쪽으로 방향을 틀었다. 몸이 운전석 문 쪽으로 쏠린 순간, 움켜쥔 칼을 번쩍 쳐들었다. 운전대를 붙든 놈의 목. 기도와 식도와 척수와 동맥이 이어진 급소. 관성에 힘을 실어 칼날을 목표지점에 찔러 넣었다.

놈이 컥 하는 소리를 냈다. 칼날은 놈의 목 왼편을 뚫고 들어가 오른편으로 비스듬히 튀어나왔다. 놈이 곁눈질로 자기 목을 꿰뚫은 칼날을 내려다보았다. 그 직후 나는 차에서 떨어져 나왔다. 차가 창고 옆구리를 들이받고 멈춰 섰다.

주차장 바닥에 나뒹굴며 온몸이 부서진 듯했다. 꼼짝하기도 버거웠지만 자리에서 비척대며 일어섰다. 덤프로 다가가니 운전석의 놈이 내 쪽을 곁눈질했다. 끽해야 이십 대 후반으로 보이는 놈이었다.

놈의 목에 박힌 칼 손잡이를 움켜쥐고 칼날을 90도

로 비틀었다. 놈의 목에서 뭔가 뜯기는 소리가 났다. 목에서 칼날을 뽑아내자 피가 트럭 안을 온통 붉게 적셨다. 놈이 피를 막아보려는 듯 팔을 꿈틀댔지만, 어쩐지 두 손이 운전대에서 떨어지지 않았다. 금세 눈에서 초점이 사라진 놈이 운전대 위로 엎어졌다. 오른쪽 관자놀이가 운전대 가운데에 부딪히며 경적을 울렸다. 그 와중에도 두 손은 여전히 운전대를 붙들고 놓지 않았다.

가만 들여다보니 두 손이 운전대에 들러붙은 모양새였다. 열에 녹아 흘러내린 밀랍처럼……. 교통사고로 차에 불이 났을 때 타죽은 희생자가 더러 저렇게 살이 녹아 차체와 한 덩어리가 된다는 소리를 들은 기억이 났다. 하지만 이놈이 탄 덤프는 멀쩡했고 놈이 불에 타 죽은 상황도 아니었다. 어찌 보면 손의 조직이 덩굴처럼 가지를 내뻗어 운전대를 휘감은 듯싶기도 했다. 도무지 이해되지 않았지만, 죽은 놈 몸뚱이 따위를 들여다보며 마냥 시간을 보낼 때도 아니어서 돌아섰다.

피가 떨어지는 칼을 들고 절뚝거리면서도 다시금 창고로 향했다. 창고 앞에 서서 긴 한숨을 내뱉고는 출입문 손잡이를 돌렸다. 그러고는 문을 열었다.

8

복도식 창고 안이 눈앞에 펼쳐졌다. 특이하게도 반시계 방향으로 휘도는 원형 복도였다.

창고라기보다는 번듯한 연구소나 연수원 같은 구조였다. 환한 조명 아래 깔끔한 복도 양옆으로 회색 문이 몇 개가 보였다. 방금 트럭의 충격음이 창고 전체를 뒤흔들었을 텐데도 누구 하나 나와 보는 놈이 없었다. 인기척도 없었다. 그러나 복도 저편에서 살기가 느껴졌다. 이 안에 다섯 놈이 더 있다.

관자놀이의 맥박이 거칠게 뛰었다. 칼날을 치켜들고 누구든 찌르고 벨 태세로 한 걸음 한 걸음 나아갔다. 칼날에서 흘러내린 피가 칼자루 쥔 손등을 간질이며 흘러내렸다.

첫 번째 문 옆에 멈춰 섰다. 이 안에 누가 숨어 있다 튀어나올지 몰랐지만, 상관없었다. 문손잡이를 잡아 돌렸다. 그때 등 뒤로 맞은편 문이 벌컥 열리며 한 놈이 뛰쳐나왔다. 무딘 쇳덩이가 왼쪽에서 날아왔다. 황급히 오른쪽으로 몸을 피했다. 쇳덩이가 반원을 그리며 뒤통수를 스쳐 벽에 박혔다. 해머였다. 허리를 수그리며 몸을 돌려 횡단 베기로 상대방의 아랫배를 벴다. 칼끝이 살을 죽 긋고 나갔다. 놈이 바람 빠지는 소리를 내며 뒤로 주춤주춤 물러섰다. 그때 애초에 내가 열려던 문이 벌컥 열리며 회칼 든 놈이 튀어나왔다.

이번에는 미처 피할 겨를이 없었다. 아랫배로 날아드는 회칼을 왼손으로 붙들었다. 칼날은 배에 닿기 직전 멈추었다. 칼날에 베인 손아귀에서 피가 뚝뚝 떨어졌다. 당장에라도 손가락들이 싹둑 날아갈 듯했다. 내가 칼을 붙들었다는 사실을 깨닫자, 놈이 이를 악물고 칼날을 이리저리 비틀었다. 칼날이 손아귀에서 움직일 때마다 손가락의 살과 힘줄과 핏줄들이 툭툭 끊겼다.

칼을 뒤로 젖혔다가 놈의 옆구리에 있는 힘껏 꽂았다. 놈의 왼쪽 옆구리로 들어간 칼날이 오른쪽 등을 뚫고 나왔다. 눈을 부릅뜨며 얼굴을 일그러뜨린 놈이 신음하며 내 멱살을 움켜쥐었다.

"그 새끼, 잡어!"

벽에 박힌 해머 대가리를 빼낸 놈이 내 머리 위로 쇳덩이를 치켜들었다. 놈이 있는 힘껏 내 정수리에 해머를 내리꽂았다. 순간 내가 몸을 홱 돌려 나 대신 회칼 든 놈을 방패 삼아 내세웠다. 퍽. 뼛조각인지 핏덩이인지 모를 덩어리가 내 얼굴에 튀었다. 해머에 맞은 놈이 털썩 주저앉았다. 눈을 허옇게 뒤집은 놈이 바닥에 고꾸라져 팔다리를 떨어댔다. 해머를 든 놈이 놀란 사이 정면내려베기로 놈을 베었다. 놈의 발밑으로 해머가 툭 떨어졌다. 해머 자루를 든 손도 함께……. 손이 잘려 나간 손목을 내려다본 놈이 비명을 질렀다. 이번에는 찌르기로 칼을 놈의 가슴팍에 꽂았다. 푹 들어갔던 칼날을 빼내자, 놈이 바람 빠지는 소리를 내며 바닥에 털썩 무릎 꿇더니 그대로 엎어졌다.

발 앞에 널브러진 놈을 내려다보다 멈칫했다. 이번에도 뭔가 이상했다. 해머 자루를 쥔 채 잘린 손목이 자루와 한 덩어리로 엉겨 붙어 있었다. 동료의 해머에 머리가 박살 난 놈도 마찬가지였다. 손과 회칼이 한 덩어리였다. 흉기와 몸의 조직이 열기 따위에 녹아내려 한데 들러붙은 듯했다. 덤프로 달려들었던 놈과 같았다. 단체로 무슨 병에라도 걸렸나. 아니면 무슨 해괴한 의식이라도 치렀나.

눈길을 복도 너머로 옮겼다. 나를 여기로 안내한 놈의 말이 맞는다면 남은 놈은 이제 셋이다. 복도에 움직이는 형체라고는 바닥에 흥건하게 번지는 핏줄기와 비틀대는 나뿐이었다. 휘어진 복도 안쪽으로 절뚝거리며 다가갔다. 주먹을 힘주어 움켜쥐었지만, 칼날이 쓸고 간 손아귀의 피는 멎지 않았다. 통증도 여전히 손아귀를 헤집었다.

복도를 한 바퀴 휘돌자, 보였다. 그 양옆으로 호위병처럼 마주 보는 문이 하나씩 있었다. 아직 문 안에서는 어떤 낌새도 없었다. 저 뒤에 나뒹구는 놈들처럼 다짜고짜 튀어나오는 놈도 없었다. 어쩌면 남은 놈들은 내 빈틈을 노리는지도 모를 일이었다. 어디에 있을까. 왼쪽? 오른쪽? 아니면 둘 다? 왼쪽 문손잡이를 잡아 돌렸다. 자재 창고로 보이는 안쪽은 어둠뿐이었다. 인기척은커녕 숨소리도 들리지 않았다. 그러나 누군가 있었다.

오른쪽. 동물적 직감으로 문 오른쪽에 칼을 휘둘렀다. 문 옆에 숨죽이던 그림자가 몸을 수그려 칼날을 피했다. 그 직후, 옆구리로 뭔가 푹푹 파고들었다. 송곳이었다. 날카로운 통증이 쉴 새 없이 숨통을 틀어막았다. 그림자가 맹수처럼 달려들어 나를 벽으로 밀어붙였다. 옆구리의 고통과 벽에 부딪힌 충격에 칼을 놓쳤다. 칼이 방바닥에 떨어지며 외마디 비명을 질렀다.

놈은 내 허리를 붙들고 벽에 밀어붙인 채 미친 듯이 송곳을 휘둘렀다. 어느 순간 송곳날이 어딘가에 붙박여 움직이지 않았다. 송곳 손잡이를 움켜쥔 놈의 손을 내 손아귀가 붙들었기 때문이었다. 놈이 아래를 내려다보았다. 내 손바닥으로 들어가 손등 위로 튀어나온 송곳이 보였다. 송곳날이 박힌 손으로 놈의 손을 꽉 붙들었다.

놈이 무릎으로 내 턱을 올려 쳤다. 아찔했지만 버텼다. 여기서 나가떨어지면 죽는다. 이를 악물고 버텼다. 이번에는 무릎이 입을 후려쳐 앞니가 부러졌다. 세 번, 네 번. 무릎이 얼굴을 잇달아 올려 치자, 더는 못 버티고 뒤로 벌렁 넘어졌다. 손아귀에서 송곳날이 빠져나갔다.

얼굴에 감각이 없었다. 너덜거리는 입술은 내 살이 아닌 남의 살 같았다. 그러나 곧바로 발딱 퉁겨 일어났다. 바닥에 떨어진 칼을 막 집어 든 순간, 송곳을 치켜든 놈이 내게로 달려들었다. 순간 놈의 목을 횡단 베기로 그었다.

허리를 빳빳이 세운 놈의 목에서 머리가 툭 떨어졌다. 머리는 바닥에 떨어진 뒤에도 바닥을 구르다 멈추었다. 놈의 눈이 제게로 다가서는 나를 올려다보았다. 뒤이어 내 앞에서 움찔대는 제 몸뚱이를 보았다. 머리가 떨어져 나간 자리에서 피가 솟구쳤다. 주인을 잃어버린 몸뚱이가 허공을 허우적댔다. 주저앉았다가 펄쩍 뛰어오르고 허공의 뭔가를 끌어안으려다 껑충껑충 뜀

뛰기까지 해댔다. 그 꼴이 우스운지 잘린 머리가 히죽 히죽 웃었다. 그러고는 그 얼굴 그대로 굳어졌다. 뇌가 떨어져 나간 몸뚱이는 이내 중심을 잃고 고꾸라졌다. 움찔거리던 몸뚱이가 축 늘어질 때까지 지켜보았다. 역시나 놈의 손에도 송곳이 한데 엉겨 붙어 있었다.

벽에 등을 기대고 가쁜 숨을 몰아쉬었다. 불에 달군 쇠꼬챙이로 뱃속과 손바닥을 들쑤시는 듯했다. 커다란 가시가 뱃속에 들어와 숨을 쉴 때마다 장기를 찔러댔다. 뒤엉긴 피와 땀이 바닥에 뚝뚝 떨어졌다. 이미 여러 군데 상처를 입었다. 어디를 다쳤고 어디에서 피가 나는지도 모를 만큼.

현기증이 일었다. 얼굴에 핏기가 가셨다. 욕지기가 치밀어서 억지로 마른침을 삼켰다. 당장이라도 쓰러질 듯했다. 쓰러지면 다시는 못 일어난다. 여기서 주저앉으면 죽도 밥도 안 된다. 배에 난 구멍들이 뻐끔뻐끔 입을 벌렸다. 그 속에서 검붉은 피가 흘러나왔다. 티셔츠를 벗어 죽죽 찢었다. 면 소재라 붕대 대용으로 괜찮을 듯했다. 칼로 티셔츠를 길게 찢어 배의 상처에 감고 동여맸다. 셔츠가 이내 펑 젖어 들었다. 다시 칼을 들고 문 너머를 노려보았다.

"나와라."

아무도 나오지 않았다. 칼날을 타고 흘러내린 핏줄기가 바닥에 떨어지는 소리가 정적을 두드렸다. 말없이 기다렸다.

이윽고 맞은편 문을 스르륵 열리더니 한 놈이 복도를 지나 창고 안으로 들어왔다. 놈은 복도와 창고 안의 주검들을 보고도 태연한 기색이었다. 게다가 놈은 맨손이었다. 나와 마주 선 놈이 말했다.

"할 만큼 하셨는데 그만 가시죠."

그만 돌아가라는 말인지, 그만 죽으라는 말인지 분명치 않았다. 대답도 하지 않았다. 놈도 대답을 기대하고 한 말은 아닐 터였다. 내가 칼을 허공에 치켜들었다. 놈도 대련 자세를 취했다. 지금까지 무턱대고 달려들던 놈들과는 차원이 달랐다. 자세가 딱 사우스포였다. 운동 좀 해본 놈이다. 이종격투기? 복싱? 창고 안의 공기가 삽시간에 팽팽하게 부풀었다.

이번에도 목을 노리고 칼을 휘둘렀다. 그러나 네 명을 거치는 동안 무뎌질 대로 무뎌진 반사 신경이 말을 듣지 않았다. 일격은 터무니없이 빗나갔다. 가볍게 몸을 틀어 칼날을 피한 놈이 환도 손잡이를 쥔 내 손을 훅으로 후려쳤다. 손에서 칼이 떨어져 날아가 창고 구석에 나동그라졌다. 놈이 나를 복싱 미트 삼아 원투

스트레이트를 후려갈겼다. 눈앞에 번쩍번쩍 플래시가 터지고 얼굴에서 감각이 사라졌다. 맨주먹에서 오는 충격이 아니었다. 주먹에 너클이라도 낀 듯했다.

그대로 나동그라졌다. 벽에 등을 붙이고서라도 일어서려 했지만, 몸이 말을 듣지 않았다. 얼굴만이 아니라 반사 신경이 통째로 마비된 듯했다. 자꾸만 흐려지는 정신을 어떻게든 바로잡으려 애썼다. 그러나 정신 추스를 새가 없었다. 놈이 사커킥으로 내 얼굴을 걷어찼다. 한 번, 두 번, 세 번. 코뼈가 부러지고 입술이 터졌다. 입 안에서 터져 나온 피를 쿨럭쿨럭 게워냈다. 어금니 하나가 피에 섞여 튀어 나갔다.

천장이 휘돌았다. 이제 아픈 줄도 모르겠다. 놈이 내 위에 올라타더니 주먹을 얼굴에 내리꽂기 시작했다. 주먹과 한데 엉겨 붙은 너클이 보였다. 너클이 얼굴을 짓이길 때마다 둔한 충격이 머리통을 송두리째 뒤흔들었다.

저만치 떨어진 칼로 손을 뻗었다. 닿지 않았다. 놈의 주먹이 또 한 번 얼굴을 짓이기자 물속에 가라앉은 듯 귓속이 먹먹해졌다. 허공을 허우적대던 손이 놈의 얼굴에 닿았다. 엄지를 갈퀴처럼 치켜세워 놈의 눈두덩을 파고들었다. 미끄덩대는 눈알이 손끝에 닿았다.

있는 힘껏 손끝을 찔러 넣었다. 놈이 비명을 지르며 내 얼굴에 주먹을 내질렀다. 그러나 멈추지 않았다. 피인지 체액인지 모를 액체가 내 손목을 타고 흘러내렸다.

눈을 감싸 쥔 놈이 뒤로 주춤주춤 물러났다. 기회다. 바닥을 북북 기어 칼로 손을 뻗었다. 가까스로 칼 손잡이를 움켜쥐었다.

놈이 달려들었다. 바닥에 몸을 돌려 쓰러지며 놈에게 칼을 휘둘렀다. 놈의 손가락들이 허공에 떠올랐다가 방바닥에 후드득 떨어졌다. 놈이 허공에 펄쩍 튀어올랐다. 비틀거리면서도 일어서는 나를 본 놈이 뒷걸음질 쳤다. 놈의 온전한 한쪽 눈에 공포가 어렸다.

벽에 몰린 놈이 괴성을 내지르며 내게 달려들던 순간, 칼을 휘둘렀다. 놈의 팔과 어깨의 이음새를 횡단베기로 그었다. 내 얼굴로 날아오던 놈의 주먹이 내 뺨을 비켜 허공으로 날아갔다. 벽에 부딪힌 놈의 팔이 바닥에 뚝 떨어졌다. 비명을 지르는 놈의 뒤에서 남은 한쪽 팔도 마저 내리그었다. 놈이 중심을 잃고 바닥에 나동그라졌다. 칼을 거꾸로 쳐들고는 발을 질질 끌며 놈에게 다가갔다. 그러고는 비명을 지르는 놈의 배에 칼을 내리꽂았다.

칼날이 놈의 갈비뼈를 긁으며 들어갔다. 놈이 눈을

부릅뜨며 엉겁결에 칼날을 붙들었다. 칼날을 뽑아내자 핏줄기가 바닥을 적셨다. 놈이 입을 벙긋거렸지만, 입에서 쉭쉭 바람 빠지는 소리만 났다. 또 한 번 칼을 내리꽂았다. 이번에는 심장을 찔렀다. 눈에서 초점이 사라진 놈이 축 늘어졌다. 놈의 죽음을 확인하고는 칼을 가슴에서 빼냈다.

다섯이 죽었다. 하지만 아직 광열이란 놈은 남아 있었다. 바닥에 뒹구는 놈의 팔을 주워 들고 돌아서서 창고를 나왔다. 복도 끝의 강철 문이 보였다. 그리로 다가갔다. 발걸음이 무거웠지만 몸은 허공에 붕 뜬 기분이었다. 진작 쓰러졌어야 할 몸은 내 의지와 상관없이 움직였다.

강철 문 왼편 손잡이를 잡고 옆으로 밀었다. 문은 부드럽게 열렸다. 복도 조명보다 더 환한 불빛이 쏟아져 눈을 찌푸렸다. 철계단 아래로 창고만큼이나 널찍한 원형 지하실이 펼쳐졌다. 지하실 한복판에 놓인 의자에 앉아 등산 스틱 같은 막대기에 턱을 괴고 나를 올려다보는 놈이 있었다. 놈과 눈이 마주친 순간, 나는 놈이 광열이란 놈임을 알아차렸다. 잘생긴 얼굴과 서늘한 눈매가 어쩐지 낯익었다.

"제로 님이시죠? 어서 오세요."

지하실 안을 둘러보았다. 지하실은 말끔한 수술실처럼 보였다. 수술대 같은 철제 침대와 조명, 업소용 냉장고 여러 대 그리고 왼쪽 뒤편에 놓인 대형 기계. 커다란 환기구와 이어진 대형 기계는 화장장에서나 쓸 법한 소각로였다. 오른편 구석에는 투명한 유리벽으로 가로막힌 밀실이 있었다. 그 안에서 쪼그려 앉아 이쪽을 바라보는 여자가 보였다. 화영이었다. 심장이 덜컥 내려앉았다. 그러나 놀람은 이내 실망으로 바뀌었다. 화영이 아니었다. 그저 화영 또래의 여자일 뿐이었다. 회색 원피스형 환자복 차림이었는데, 얼굴만 봐도 여자에게 무슨 일이 있었는지 알만했다. 한쪽 눈이 안 보일 만큼 퉁퉁 붓고 성한 데가 없는 만신창이였다. 내 눈길을 따라간 광열이 여자를 흘끔 보고는 히죽 웃었다.

"아, 우리 이쁜이를 깜박했네요. 초면이시죠? 인사들 나누세요."

나를 바라보는 여자의 눈에는 초점과 감정이 없었다. 여자를 보니 그날 화영이 죽은 편이 차라리 나았다는 안도와, 그래도 저렇게라도 살았더라면 좋았으리라는 회한이 동시에 엇갈렸다.

계단을 하나하나 내려갔다. 중간에 발을 헛디디거

나 비틀대지 않으려 혼신의 힘을 다해야 했다. 광열이 나를 빤히 지켜보았기 때문이었다.

"와, 하루 만에 여기까지 찾아오신 거 보니 수사력이 FBI보다 더 빠르시네요. CCTV로 관전하니까 실시간 라이브도 완전 대박이던데요? 무슨 「킬 빌」이나 「존 윅」 보는 줄 알았네. 근데 괜찮으시겠어요? 많이 다치신 거 같은데……."

칼을 세워 들고 계단을 내려서는 나를 보면서도 놈은 마냥 태연자약했다. 놈의 얼굴에서 순수한 악이 보였다. 번듯한 인간의 껍데기를 썼지만 인간성 자체가 없는 악. 남을 불행과 좌절, 고통과 죽음으로 몰아넣으며 진심으로 즐거워하는 악. 세상이 미쳐 돌아가니 이런 놈들이 슬슬 기어 나와 미쳐 날뛴다.

지하실 바닥에 내려서며 죽은 놈의 잘린 팔을 놈에게 휙 내던졌다. 제 발치에 툭 떨어진 팔을 본 놈이 생글거리는 얼굴로 말했다.

"아이고, 빈손으로 오시지 뭘 또 이렇게 들고 오셨어, 무겁게……. 그나저나 직접 뵈니 화영이랑 꽤 닮으셨네요? 아빠 닮았구나, 꽤 예쁘던데……. 솔직히 죽이긴 좀 아까웠거든요. 협조만 잘 해줬으면 살려뒀을 텐데 반항이 너무 심해서……. 그 성깔도 아빨 닮은 건가?"

당장에라도 놈에게 달려들어 난도질하고픈 충동을 가까스로 억눌렀다. 나를 자극하려는 속셈으로 지껄이는 소리임이 뻔했기 때문이었다.

"그래서 죽였냐?"

"일종의 튜토리얼이었어요. 사장님 덕분에 매번 본 게임 시작하기도 전에 리셋 노가다하지만요."

못 알아들을 소리였지만, 놈이 하려던 일을 내가 방해해서 망쳤다는 뜻으로 받아들였다.

"여기서 뭐 하냐."

수술대부터 감금실, 소각로에 이르기까지 생체실험실이 따로 없는 시설이었다.

"딱 보시면 한 큐에 각 안 나오나요? 쳇바퀴 굴러가는 인생이 너어무 재미 대가리 없으니 그냥 이거저거 테스트나 하면서 킬링 타임 하는 거죠, 뭐."

송곳니를 드러내며 히죽거리는 놈의 얼굴이 가증스러웠다. 너한테는 사람 죽이는 일이 고작 테스트나 킬링 타임밖에 안 되는 놀이구나.

"그놈 손은 왜 그런 거냐."

바닥을 뒹구는 팔을 눈으로 가리키자 놈이 팔과 나를 번갈아 가며 보았다.

"이거요? 이건 사장님 작품이잖아요."

"그 쇳덩이."

"아아, 이 너클? 오, 이게 인제 아예 한 덩어리가 됐네. 근데요, 사장님, 이것도 사장님 작품인데요?"

놈이 나를 빤히 바라보며 지껄이는 헛소리가 이해되지 않았다.

"난 여기 방금 왔다."

"네, 여기 방금 오셨죠. 이번 판엔……."

이번 판엔……?

"걸리적거리니 이거나 치우고 시작하시죠."

광열이 바닥에 뒹구는 팔을 거침없이 집어 들었다. 그는 눈앞의 나를 무시하듯 아무렇지 않게 등을 돌리고는 지하실 뒤편의 소각로로 걸어갔다. 기회였다. 지금 달려들면 당장에라도 놈의 목을 벨 터였다. 그런데 어쩌면 놈이 노리는 바인지도 모른다는 의심이 들었다. 자신이 섣불리 달려들기를, 그 와중에 생길 허를 찌르려고 일부러 등을 보이는지도……. 절대 허세로 보이지는 않았다. 광열이 소각로 철문을 열더니 팔을 내던졌다.

"얘한테도 삼가 명복을 빌어야 되나?"

그는 소각로 밸브를 틀고 스위치를 눌렀다. 불꽃

튀는 소리가 나더니 소각로가 화염을 내뿜었다. 불길로 들끓는 대열지옥. 이를 앙다물고 다짐했다. 이제 곧 내가 저놈을 지옥으로 데려가겠노라고…….

광열이 돌아섰다.

"자, 슬슬 시작해볼까요?"

왼손에 스틱을 든 놈이 양팔을 벌린 내게로 성큼성큼 다가왔다. 이제 보니 스틱도 놈의 왼손과 한 덩어리로 엉겨 붙은 상태였다. 피를 나누거나 문신을 그리는 대신 무기와 손을 한 덩어리로 붙이는 의식이라도 치렀나?

잡념은 내던지고 칼끝에 기를 모았다. 그러나 놈이 다가올수록 온몸의 고통이 되살아나 집중력이 떨어졌다. 아이를 떠올렸다. 놈들의 만행에 웃지도, 숨 쉬지도, 꿈을 이루지도 못하게 된 아이를 생각했다. 아우성치던 고통이 잦아들고 마음이 가라앉았다. 서릿발처럼 곤두섰던 온몸의 신경세포들이 숨을 죽였다.

칼 손잡이를 움켜쥔 손에 힘을 실었다. 칼날이 놈의 정수리로 날아갔다. 놈은 가볍게 몸을 틀어 피했고 칼날은 허공을 벴다. 그 직후 놈이 고양이처럼 펄쩍 뛰어올라 내 얼굴에 스틱을 휘둘렀다. 퍽. 스틱이 오른뺨을 때렸다. 눈앞이 아찔했다. 입안이 터지며 피가 튀었다. 스틱은 쉴 새 없이 달려들었다. 칼날로 스틱 세례를 막았다. 스틱과 칼날이 부딪칠 때마다 지하실 공기가 흠칫흠칫 경기를 일으켰다. 놈의 잇따른 공격에 나는 점점 벽 쪽으로 몰렸다.

빠르게 맞부딪치던 칼과 스틱이 어느 순간 엇갈려 맞닿은 채 허공에 멈췄다. 광열의 스틱이 점점 내 쪽으로 다가왔다. 버티기가 버거웠다. 스틱을 가로막은 칼날이 부들부들 떨렸다.

"어허, 전보다 더 시원찮은데요? 좀 전에 너무 무리하셨나 봐요."

놈이 이죽댔다. 전보다 더……?

놈의 얼굴이 가까워진 순간, 입안에 고인 피를 놈의 눈에 내뿜었다. 놈이 반사적으로 주춤 물러섰다. 이때다. 놈의 목을 겨냥해 칼날을 휘둘렀다. 놈이 고개를 뒤로 젖혀 칼날을 피했다. 그의 시선이 흐트러진 틈을 타 칼로 놈의 옆구리를 베었다. 이번에는 빗나가지 않았다. 칼끝이 놈의 배를 한 일 자로 긋고 지나갔다. 놈은 도리어 활짝 웃으며 내게 달려들었다.

웃어? 네놈이 죽어서도 웃을 수 있을까. 연이어 놈의 목에 칼을 휘둘렀고 놈은 스틱으로 칼날을 가로막았다. 놈이 스틱 끝으로 내 턱을 올려붙였다. 턱뼈가

위턱에 부딪혔다. 공중에 뛰어오른 광열이 스틱을 내 정수리에 휘둘렀다. 옆으로 피했지만, 오른 어깨에 부딪힌 스틱이 오른쪽 빗장뼈를 부수었다. 다시금 눈앞이 번쩍했지만 더는 아프지 않았다. 모든 고통이 사라졌다. 바닥에 내려앉는 놈의 몸뚱이에 칼을 휘둘렀다. 이번에도 칼은 대리석 기둥 같은 스틱에 부딪혔다. 둘은 각자 한 발짝씩 뒤로 물러서며 잠시 숨을 골랐다.

증기기관차가 된 기분이었다. 분노와 살기를 연료로 달리는 증기기관차. 눈앞에 철로가 끊겨 있더라도 거침없이 지옥으로 내달리는 화차. 온몸의 동력을 칼끝에 모으고 칼을 치켜들었다. 놈도 질세라 스틱을 칼처럼 곧두세웠다.

놈에게 달려들었다. 허공에서 칼과 쇳덩이가 맞부딪쳤다. 쩡. 벼락을 맞고 쓰러지는 나무처럼 내 칼날이 부러져 날아갔다. 칼날을 부러뜨리고 날아온 스틱이 내 왼쪽 귀빰을 후려쳤다. 얼굴 반쪽이 송두리째 터져 나가는 듯했다. 이명이 사이렌처럼 머릿속을 울렸다. 중심을 잃고 바닥에 나자빠졌다. 놈의 무릎이 날아와 내 코뼈를 짓이겼다. 뒤로 벌렁 나동그라지며 뒤통수를 바닥에 텅 부딪혔다. 한층 더 커진 이명이 머릿속을 뒤흔들었다. 벌떡 일어서려 했지만 몸이 말을 듣지 않았다. 거듭된 충격에 몸과 마음이 어긋나 따로 놀았다. 어금니와 부딪치며 찢긴 뺨 안쪽 살점이 씹혔다.

"아이고, 거 몇 대 좀 맞았다고 드러누우시면 어떡해? 화영이 원수 갚아야지."

바닥을 나뒹굴며 버둥대는 내 곁으로 다가온 놈이 스틱의 칼집을 빼내며 이죽댔다. 스틱 속에 몸을 숨기던 칼날이 드러나며 번뜩였다.

"안타깝네, 안타까워. 저 새끼들한테 진 다 빼셨고만."

놈이 몸을 일으키며 씹어뱉었다.

"니미, 딸년이나 아비나 맛대가리 없긴 매한가지네."

놈이 칼을 번쩍 치켜들었다. 내 눈에 칼날이 보였다. 보이는 것은 칼날뿐이었다. 심장으로 날아드는 칼날뿐이었다. 그 외에는 그저 간유리 너머로 보이는 세상처럼 부옇기만 했다. 화영의 목숨도 저 칼날이 거두었을까. 그럴지도 모를 일이었다. 놈이 내리꽂는 칼날이 내 가슴으로 날아드는 광경이 느릿하게 보였다. 누군가 시간의 태엽을 풀어 놓아 순간이 영원처럼 늘어지는 듯했다.

몸을 옆으로 틀었다. 칼날이 내 팔과 등을 긁어내

렸다. 그와 동시에 날이 부러진 칼을 있는 힘껏 놈의 배에 찔러 넣었다. 비스듬히 부러진 칼날이 스틱 칼을 내리찍던 관성과 맞부딪치며 놈의 배로 파고들었다. 부러진 칼날이 뱃속에 박힌 순간 칼날을 비틀었다. 복근과 장기가 터지며 흘러나온 피가 칼날을 타고 쏟아졌다. 놈의 입에서 신음이나 비명 대신 환희에 찬 탄성이 나왔다.

"이거지! 이 정돈 되어야지!"

놈이 얼굴 가득 미소를 띠었다. 그 귀기 어린 얼굴이 섬뜩해서 멈칫했다. 그래, 웃으면서 뒈져라, 미친 개새끼야. 칼 손잡이를 움켜쥔 오른손에 왼손을 보태어 놈의 배 한가운데부터 옆구리까지 한 일 자로 베었다. 그러나 놈은 물러나지 않았다. 오히려 내 위에 버티고 눌러앉은 채 재미있어 죽겠다는 표정을 지었다. 그제야 깨달았다. 이놈에게는 고통이 도리어 쾌락이고 축복임을……. 나를 압도하는 순수한 악의 유기체를 바라보며 몸서리쳤다.

"이번엔 좀 괜찮네."

놈이 웃으며 스틱 칼을 치켜들어 내게 내리꽂았다. 이번에는 빗나가지 않았다. 날아든 칼날이 그대로 내 옆구리를 꿰뚫었다. 숨이 턱 막혔다. 놈이 칼을 뽑자,

옆구리가 이내 피로 흥건해졌다. 또 한 번 시간의 태엽이 한없이 늘어졌다. 나를 내려다보며 히죽대는 놈의 얼굴도 불에 녹는 가면처럼 죽죽 늘어났다. 생명의 불꽃이 잦아들면서 들끓던 마음도 가라앉았다. 온몸을 휘젓던 고통도, 분노도, 살의도 서서히 가셨다.

살아왔던 나날들이 편집된 유튜브 영상처럼 눈앞에 펼쳐졌다. 눈뜨고 죽은 화영의 얼굴, '제로'를 중얼거리고 돌아서던 아이의 뒷모습, 세 살배기 아이의 첫 아장걸음, 아이가 태어나던 겨울날, 미래를 약속하며 화영 엄마와 하나가 되던 밤, 전국 검도 선수권대회에서 우승하던 날, 트로피를 치켜든 나에게 박수를 보내던 아이 엄마의 얼굴, 난생처음으로 목검을 손에 쥐던 날의 설렘, 걸음마, 마루에서 떨어져 댓돌에 이마를 찧은 두 살의 봄날, 그리고 제로. 아무것도 없고 나 또한 아무것도 아니던 제로의 영역에 도달하는 순간 뭔가 나를 끌어당겼다. 죽음을 거스르는 손길이 나를 고통과 분노와 살의의 현실로 끌어냈다. 광열이 내 멱살을 부여잡고 번쩍 일으켰다.

"여기서 돌아가시면 싱겁잖아요. 끝장을 봐야지, 안 그래요?"

무너져 내리는 나를 부여잡고 놈이 외쳤다. 아련하

게 들려오던 그 목소리가 점점 또렷해졌다. 제로로 다가가던 심장이 다시금 뛰고 피가 혈관을 타고 휘돌았다. 그리고 고통. 고통이 다시 온몸의 신경세포에 해파리처럼 들러붙었다.

이윽고 나는 놈의 완력이 아닌, 자력으로 바닥에 발을 딛고 섰다. 꺼지기 직전 반짝 살아나는 불꽃처럼 내 몸이 마지막 연소를 시작했다. 한쪽 팔을 뻗어 광열의 목을 휘감았다. 광열도 기다렸다는 듯 내 목을 붙들었다. 놈과 나는 서로를 바라보았다. 기쁨과 분노, 쾌락과 고통이 허공에서 만나 뒤엉켰다. 한 덩어리가 된 우리는 서로를 한 손으로 껴안고 다른 손에 쥔 칼로 상대를 찔러대기 시작했다.

칼날은 개미집을 훑는 개미핥기의 혓바닥처럼 몸을 파고들었다. 칼날이 몸을 파고들었다가 빠져나갈 때마다 개미 대신 피가 딸려 나왔다. 서로가 서로를 난도질하는 광기와 칼이 몸에 박히는 소리. 지하실 안의 공기가 임계점으로 치달았다. 놈과 나는 하나가 되었다. 난도질이 이어질수록 놈의 얼굴에 격정이 피어올랐다. 오르가슴을 느끼는 표정이었다. 내 부러진 칼날이 가슴과 배와 목을 찔러댈 때마다 놈은 입을 쩍 벌리고 눈을 뒤집었다.

덜컥 두려워졌다. 세상에 이런 불사의 악이 살아 숨 쉰다는 사실에 몸서리쳤다. 놈은 불사신이었다. 고통에서 쾌락을 맛보는 불사신. 놈 앞에서 나는 그저 길길이 날뛰는 새끼고양이일 뿐이었다. 하지만 내게는 고통이 거대한 악의 블랙홀 앞에서 꼿꼿이 서게 해주는 원동력이었다. 놈의 등 뒤로 유리문 열리는 기척이 일었다. 감금실 안의 여자가 어떻게 열었는지, 안에서 빠져나오는 광경이 보였다. 그때 여자와 내 눈이 마주쳤다. 말을 할 수는 없었지만 눈빛으로 여자에게 부탁했다. 내 마지막 길에 종지부를 찍어달라고.

여자는 내 뜻을 전혀 읽지 못하는 듯했다. 여자는 나를 빤히 바라보면서도 주춤주춤 뒷걸음질 쳤다. 여자에게 눈빛으로 애원했다. 제발 한 번만 도와달라고……. 당신이 이놈한테 당한 만큼의 반절이라도 이 놈이 돌려받게 도와달라고…….

여자가 뒷걸음질을 멈추었다. 나는 칼을 떨어뜨리고 놈의 목을 움켜쥔 손아귀에 힘을 주었다. 더 이상의 칼질은 무의미했다. 소각로로 가야 했다. 문제는 소각로 철문을 밖에서만 닫는 구조라는 사실이었다. 여자가 한 번만 도와준다면…….

"멈추면 어떡해요? 이제 막 오르는 참인데……."

광열이 반쯤 뒤집힌 눈으로 나를 바라보며 물었다. 이 사이사이에 밴 피가 입가로도 흘러내렸다. 무엇을 어떻게 해도 놈에게 고통을 줄 방법은 없었다. 그러나 절망하기에는 일렀다. 그래, 고통은 몰라도 소멸은 알겠지, 뼈와 살로 된 인간인 이상. 놈을 소각로 쪽으로 밀어붙이며 속삭였다.

"가자, 이제."

놈의 등이 소각로 벽에 부딪혔다. 손을 뻗어 소각로 문 스위치를 눌렀다. 소각로가 입을 쩍 벌렸다. 놈이 내 속셈을 알아차리자, 아예 놈을 와락 끌어안았다. 그러고는 마지막 힘을 쥐어 짜내어 놈을 소각로로 밀쳤다. 놈의 손이 소각로 입구를 붙들었다. 내가 안으로 밀치는 힘보다 놈이 밖으로 몸을 밀어내는 완력이 더 거셌다. 결국 우리는 바닥으로 나동그라졌다.

"에이 씨발, 잘 나가다 김새네."

놈이 성난 목소리를 내뱉으며 나를 등 뒤에서 붙들었다. 그러고는 내 목을 왼팔로 휘감아 졸라대기 시작했다.

"하던 건 끝맺고 딴 걸 하든지 해야죠. 안 그래요?"

목구멍을 옥죄는 완력에 숨이 턱 막혔다. 놈의 팔

이 올가미처럼 내 숨통을 틀어막았다. 놈의 팔뚝을 긁고 손목을 붙들어 팔에서 빠져나오려 애썼다. 그러나 그러기에는 너무나 깊은 상처를 입었고 너무나 지친 상태였다. 도저히 빠져나갈 길이 없었다. 눈알과 혓바닥이 튀어나올 듯했다. 눈앞이 붉게 흐려졌다.

그때, 뭔가 살가죽 뚫고 들어오는 소리가 목 뒤에서 들렸다. 광열이 내 목을 감았던 팔을 풀고 일어났다. 막혔던 숨통이 트이고 피가 머릿속을 휘돌면서 의식을 덮었던 붉은 안개가 개었다.

쿨럭쿨럭 기침하며 고개를 들어보니 목 뒤로 손을 허우적대며 목덜미에 박힌 칼날을 빼내려 애쓰는 광열이 보였다. 갑상연골 옆으로 비죽 뚫고 나온 칼날에서 피가 뚝뚝 떨어졌다. 놈의 목덜미에 부러진 칼날을 박은 여자가 뒤로 주춤주춤 물러났다. 놈이 여자를 홱 돌아보며 뭐라 말하려고 입술을 달싹였으나 성대가 잘렸는지 목구멍에서 피가 가르랑대는 소리가 났다. 비틀대던 놈이 목에서 칼날을 빼냈다.

그 순간 놈을 끌어안으며 날이 부러진 환도를 광열의 등 뒤로 깊숙이 찔러 넣었다. 최대한 힘주어 손잡이를 내 쪽으로 끌어당기자, 칼날 부러진 부분이 내 뱃속까지 파고들었다. 놈과 나는 부러진 칼을 매개로 온전히 한 덩어리가 되었다. 여차하면 놈이 나를 밀어내고 빠져나갈세라 미친 듯이 밀어붙였다. 우리는 끝내 소각로 속으로 나동그라졌다. 놈이 나를 밀어내려 애썼다. 놈의 몸부림에 불씨들이 반딧불처럼 떠올라 소각로를 맴돌았다. 그러나 놈을 끌어안고 놓지 않았다.

비로소 나는 하루 내내 들었던 '제로'라는 단어의 참뜻을 깨달았다. 그랬다. 처음이 아니었다. 이 지긋지긋한 하루가, 아이의 죽음이, 놈과의 사투가, 놈과 한 덩이가 되어 맞는 죽음이……. 이렇게 죽을 때마다 부디 끝이 아니기를 바라고 또 바랐다. 악의 희생양이 되어 죽은 아이에게 아무것도 해주지 못한 아비와, 이 악의 현신이 되살아나고 또 되살아나 끝없이 고통받게 되기를…….

그 바람은 이루어졌다. 이 영겁의 지옥에서 나는 매번 아이를 잃었고, 놈들을 찾아 죽였고, 놈들과 한 덩어리가 되어 죽어 나갔다. 그러고는 다시 원점으로 돌아왔다. 판을 거듭할수록 놈들의 무기가 점점 놈들과 한 덩어리가 되어갔다. 나 또한 광열과 하나가 되어 마지막 아닌 마지막을 맞았다. 이번 판이니 리셋이니 사장님 작품이니 운운한 품을 보면 놈도 이제 전말을 알아차리게 된 듯했다. 상관없었다.

소각로 문 너머의 여자가 언뜻 보였다. 여자에게 간절한 눈빛을 보냈다. 이만 끝내달라고, 이번 고통은 여기서 끝내달라고……. 뒷걸음질 치던 여자가 결심한 듯 소각로로 다가와 스위치를 눌러 문을 닫았다. 놈이 괴성을 질러대며 몸부림쳤다. 불꽃 튀는 소리가 났고 소각로 속에 가득했던 가스가 거대한 화염이 되어 나와 놈을 집어삼켰다.

목이 터져라, 놈이 울부짖는 동안 놈을 덮쳐 누르고 꿈쩍도 하지 않았다. 넌 영영 내 꼬리이고 난 꼬리를 문 뱀이다. 되살아나라, 그러면 나는 너를 또 죽일 테다. 백 번이고 천 번이고……. 그렇게 끝없이 제로로 돌아오는 재로(再路) 위에서 무한정 굴러다니자. 놈의 귓가에 대고 속삭였다.

"제로."

그러자 쩍 벌어진 놈의 입이 거대한 '제로'가 되어 나를 통째로 집어삼켰다.

0

화영의 마지막 메시지는 '0'이었다.

마침 수신 시각도 밤 12시 00분이었다. 카톡까지

뒤져 보았지만 화영에게서 온 연락이라고는 그 문자메시지가 전부였다. 화영에게 전화를 걸었다.

— 고객님의 전화기가 꺼져 있어 음성사서함으로 넘어갑니다. 연결된 후에는 통화료가 부과되오니…….

몇 번을 더 걸어도 돌아오는 소리라고는 그 안내 음성뿐이었다. 휴대전화를 든 손이 떨리기 시작했다. 수전증이 더 심해졌다. 종료 버튼을 누르고 스마트폰 액정을 들여다보았다.

0이라니……. 뭔 소린가. 처음에는 '아빠'라는 단어의 초성인 이응인가 했다. 하지만 위아래가 길쭉한 타원형이니 자음이 아닌 숫자가 맞는 듯했다. 뭘 잘못 눌렀나. 어제 아침을 돌이켜 보면, 그러고도 남았다. 그러고 보니 집을 나가기 전, 화영이 남긴 마지막 말도 '제로'였다.

전화기 액정에 떠 있는 0을 뚫어져라 들여다보았다. 어쩐지 들여다볼수록 눈앞이 아찔해졌다. 그 0이 점점 커져 입을 쩍 벌리고 나를 집어삼키는 듯했다. 언제인가 이런 상황을 겪은 적 있다는 기시감도 들었다. 싸늘한 기운이 뱀처럼 등줄기를 타고 구물구물 흘러내렸다. 지독한 독감을 앓고 뱀허물 같은 이부자리에서 빠져나온 아침, 잔상처럼 남아 몸을 떨게 하는 한

기였다.

<끝>

중편들, 한국 공포문학의 밤

제로

1판 1쇄 찍음 2024년 9월 5일
1판 1쇄 펴냄 2024년 9월 20일

지은이 | 김종일
발행인 | 박근섭
편집인 | 김준혁
펴낸곳 | 황금가지

출판등록 | 2009. 10. 8 (제2009-000273호)
주소 | 06027 서울 강남구 도산대로 1길 62 강남출판문화센터 5층
전화 | **영업부** 515-2000 **편집부** 3446-8774 **팩시밀리** 515-2007
홈페이지 | www.goldenbough.co.kr

도서 파본 등의 이유로 반송이 필요할 경우에는 구매처에서 교환하시고
출판사 교환이 필요할 경우에는 아래 주소로 반송 사유를 적어 도서와 함께 보내주세요.
06027 서울 강남구 도산대로 1길 62 강남출판문화센터 6층 민음인 마케팅부

ISBN 979-11-7052-436-6 04810
ISBN 979-11-7052-429-8 04810(세트)

㈜민음인은 민음사 출판 그룹의 자회사입니다.
황금가지는 ㈜민음인의 픽션 전문 출간 브랜드입니다.